公園通りのクロエ

野中 柊

祥伝社文庫

目次

旅の道連れに

公園通りのクロエ

クロエは立ち止まって雪の小さな塊をもてあそんだ。やわらかで、みずみずしい雪片は真白なままで溶けていなかった。「ごらんなさいな、なんてきれいでしょ」と彼女はコランに言った。雪の下には、さくら草だの矢車草だの、ひなげしだのがあった。

ボリス・ヴィアン
『日々の泡』

1

きっかけは、カフェの女の子の一言だった。

「ねえ。あなた、このあたりに住もうと思っているの？」

よく晴れた初夏の日曜日に自転車に乗って一時間ほども走って、喉が渇いたから立ち寄った店だった。すうっと通り過ぎたとき、花屋かと思ったほどたくさんの観葉植物が置いてあった。でも、ＣＡＦＥと書かれた看板が出ているのが、優喜の視界の端っこに飛びこんできて、

「おっ」彼は思わず声を洩らして、ブレーキをかけたのだった。そして、アスファルトを蹴って引き返した。ちらっと覗いたら、やはり心地よさそうな場所だった。ふくよかな木々の緑の匂いがして、

「こんにちは」カウンターの向こうの女の子が微笑んだ。

それが一ヶ月前のことだ。

人生なんて、と優喜は思う。

なにがきっかけで、どう変わるか、わかったものじゃない。

そのことは、これまで三十三年生きてきて、何度か実感してきたつもりだった。もちろん、いい方向に変わったこともあるけれど、こんなはずじゃなかった、と頭を抱えたくなったことも、すくなからずある。

だから、気をつけなくちゃいけない。

そう肝に銘じていたはずなのだ。

それなのに、この事態はどうしたことだ？　優喜は引越してきたばかりの家の床に、まずはいったん腰を下ろして、落ち着け、と自分自身に言い聞かせた。およそ五メートル前方にいる、それ、をじっと見た。

こいつは、なに？　あらためて思った。リビングルームの日向に置かれたモスグリーンのソファの上に、のうのうと寝そべっている。

生きているのか。生きものなのか。

もしかしたら、犬か。やはり、犬であろう。

最初、目に入ってきたときには、ふっくらした毛布と勘違いしたのだ。飴色の、暖かそうな。肌触りもよさそうだ。ちょっと古びた感じも好ましい。寒い季節になったら、ソファに寝転んで、あの毛布に包まって、音楽を聴いたり、本を読んだり、コーヒーを飲んだりしたら、さぞかし快適だろうな、楽しみだな、と、そんなことまで考えた。

ところが、毛布は突然、動いて、向きを変えて——ぱたぱたっ。なにやら音を立てたようだった。え？　驚いて、よく見たら、あれっ？　耳があった。だらんとした、平べったい、ふたつの耳。ついでながら、目もあった。焦げ茶色の優しそうな。なにが可笑しいのか、今にも笑い出しそうな表情を浮かべている。そして、口。いきなり、ぱくっと開けて舌を出した。

はあはあ、言っている。

優喜は近づいていって、頭に手をのせてみた。

「おまえ、だれ」問いかけても、答はない。

「なんで、ここにいるの」訊いてはみたが、はかばかしい返事はなさそうだ。

ポケットから電話を取り出して、田中曜子のナンバーにかけた。彼女は待ち構えていたみたいに、すぐに出た。

「もしもし。あ。広瀬さん？」

「あのさ、今、取り込み中?」

「ううん。だいじょうぶ。引越は済んだの?」

「ああ。引越っていったって、どうせ荷物はほとんどないから」

「そっか。そうね。そう言ってたよね」田中曜子は朗らかに言った。

彼女は——あの植物がいっぱいのカフェの女の子だ。

優喜は、たまたまあの店の前を自転車で通りかかって、ほんの気まぐれから足を踏み入れ、そして、この家に引越してくることになったのだ。

その間、ほんの一ヶ月。物事の進行は、奇妙なくらい素早かった。もし神様が存在するとしたら、まるっきり僕を見捨てたわけじゃないんだな。そう優喜は考えたものだったけれど。

つまり、油断していたってことなのか。

落ち着け、もう一度、胸のうちでつぶやいた。

「曜子ちゃん、俺、三分ほど前に引越してきたんだ」

朝目覚めたら、窓の外には、すかっとした青空が広がっていた。よっしゃ、縁起がいいじゃないか、引越日和だ、と優喜は思った。

「おんぼろの車に、身の回りのものだけ載せてね」

電化製品や家具は、ほとんどすべて前の住居に置いてきた。

「まあ。正直なところ、意気揚々って感じの引越でもないわけだよ。以前、そのあたりの事情はかいつまんで話したけどさ」

つまり、五年ほど一緒に暮らした彼女と別れることになって、その挙句の引越なのだ。互いの籍は入れていなかったけれど、優喜の気分としては、結婚しているも同然だった。互いの家族とも付き合いがあったし、こういうのを事実婚っていうんだな、と思っていた。いずれ子どもができたら、籍を入れよう。ふたりで、そんな話し合いをしたことだってあったはずだ。

ところが、ここ一年くらいのあいだに、急速に彼女との関係がぎくしゃくして、なんとか修復しようと努力したものの、無駄だった。その経緯については、つらすぎて、優喜としては振り返りたくない。いずれ、ゆっくり考えてみる日が来るにしても、今は、だめだ。まだ無理だ。正直なところ、別れを——この現実を、受け入れることで精いっぱいなのだ。

「でも、この家は素晴らしいって思ったんだ。だって、信じられないほどの好条件だったからさ」

ちいさいながらも一軒家で、庭やガレージもある。おまけに家具つき。くわえて家賃が格安ときている。不動産屋を通さず、田中曜子が家のオーナーとのあいだを仲介してくれたから、礼金も払わずに済んだ。

こんなにうまい話があっていいものだろうか。もちろん、猜疑心を抱かなかったわけじゃない。むしろ、大いに疑ってかかった。なにかいわくのある物件に違いない、と。

たとえば、この家の中で、自殺、もしくは他殺が？

「ねえ。曜子ちゃん。内見させてもらったとき、俺、訊いたよね？　この家、もしかして幽霊が出るんじゃないのって」

それまで、うん、だの、ふん、だの、そう、だの短い相槌だけを打っていた田中曜子が、ようやく、はきはきと言った。

「うん。訊かれた。だから、答えたでしょ？　幽霊なんて出ないって」

「だけど、なんか、いるんだよ」

「いるって？　幽霊が？」

「かもね」

「うそよ。生きてるでしょ」

ふぅん、と優喜は唸った。

「じゃあ、やっぱり知ってたんだ」

「なによ。ジュディのこと？」

「こいつ、ジュディっていうのか」

犬のほうに視線をやったら、目が合った。くりっとした瞳。

「そうなの。男の子なんだけどね、ジュディ・ガーランドから名前をもらったのよ。ジュディ・ガーランド、知ってるよね？　往年のミュージカル女優。オズの魔法使い、よ。オーヴァー・ザ・レインボウ、よ」

サムウェア・オーヴァー・ザ・レインボウ……と田中曜子はすこし掠れたアルトで歌って、ふうっと息をついたあとで、

「旅は道連れ。ひとりぼっちより、よくない？」と言った。

なんだろう。この男の子、だれ。
気持ちよく昼寝をしていたら、がちゃがちゃ不器用な感じで玄関の鍵を開ける音がし

て、がらがらがら。騒々しく廊下を車輪が転がってきた。あれはスーツケースだ。知っている。

じゃあ、もしかしたら、帰ってきたの？　一瞬だけそう思ったけれど、そうじゃないことはわかっていた。だって、匂いが違う。日登美ちゃんの匂いは、もっとやわらかかった。ふわっとしていて、すこし甘くて、でも、微かにぴりっとしたところもあった——シナモンとかクローブみたいな。

だれかが部屋の入口までやってきた気配。あちこち眺め回して、それから、たぶん、僕に目をとめた。視線を背中に感じたんだ。

ぼんやりした、呑気なまなざしだったと思う。だけど、数秒後には、部屋の中に変てこな緊張感がみなぎった。なんだか、びっくりしているみたい。そう思った。僕？　僕のせい？　ゆっくりからだを動かして、そちらを見たら、男の子がいた。男の子とは言わない？　もっと歳かな。

まあ、いずれにしても——彼、僕に目が釘付けになっていた。ほんとだよ。やっぱり、びっくりしてたんだよ。

目がまん丸になってた。口もぽかんと開けていた。なんだよ、笑っちゃうよ。人間が驚いた顔をしてるのって、僕、嫌いじゃないんだ。

おまけに、彼は善良そうだった。そういうのって、わかるよ。べつに長々と一緒に時間を過ごさなくたって、たとえば匂いとか雰囲気とかで。

いいやつなんだ、こいつ、と思ったら、つい、はあはあ、しちゃったね。

舌を出して、はあはあ。はあはあ。

そしたら、彼、僕の頭に手をのせた。掌（てのひら）から困惑が伝わってきた。

「おまえ、だれ」って言った。

おまえこそ、だれだよ？　僕は思ったね。

「なんで、ここにいるの」次は、そう来た。

すごいね、すごい。このひと、僕の気持ちの代弁者なの？　そっくりそのまま同じ科白（せりふ）をお返ししたい、と思った。

彼はポケットから電話を取り出した。どこにかけるんだろう。だれと話しているんだろう。聞き耳を立てていたら、

「曜子ちゃん、俺、三分ほど前に引越してきたんだ」って言った。

曜子ちゃん？　曜子ちゃんなら、僕、知っている。仲良しの友達だよ。

引越？　そっか。このひと、僕のあたらしい同居人か、と思ったところで、ああ。そういえば——初対面じゃなかったことに気がついた。

そうだよ。僕、前にも一度、彼に会ってるんだ。

忘れてたけど、思い出した。

いけないね、なんだか、この頃、物忘れがひどくて。

あれは、いつだったかなあ? このひと、曜子ちゃんと一緒にこの家に来て、あちこち眺めてた。あの日は天気がよかったから、僕は庭に出て、日向ぼっこをしてたんだ。曜子ちゃんの友達かなあ? もしかしたら、あたらしいボーイフレンド? なんて思って、僕は彼のことを、庭から引き戸のガラスを通して、じろじろ観察したっけ。

しばらくしたら、彼は外に出ていって、曜子ちゃんが僕のところへ来た。「ねえ。ジュディ、見たでしょ? どう思う、あのひとのこと」そう訊かれたから、「いいんじゃない?」って答えたんだ。

ちなみに、曜子ちゃんは、僕の言葉をかなり正確に理解できる、数すくない人間のひとりなんだよ。まあ、僕がほんの子犬のときから、ずっと彼女とは友達だから。

あのときは、やっぱり曜子ちゃんのボーイフレンドなんだって思って、ちょっとだけ焼餅も焼けたけど、「うん。いいんじゃない? わるくない趣味だよ」って、そういう意味で言ったんだけどね。

そっか。このひと、今日から僕の同居人か。

いいんじゃない？　歓迎するよ。

「こいつ、ジュディっていうのか」って彼は言った。

そして、僕のほうを見た。

そうだよ、僕はジュディだよ。

それで？　きみの名前は？　自己紹介くらいしたらどうだい。それが礼儀ってものだよ。知らないの？

「これから来るよ」
曜子はそう言って、楽しそうにくすくす笑った。
「うまくやれると思うんだ。今の電話の感じだと、かなり動揺してるみたいだったけど、たぶん、だいじょうぶ。ジュディと一緒に、とにかく、ここへ来るって。栞（しおり）さんもようすを見ててよ、ね？」

「うん」うなずいて、二杯目のカプチーノをオーダーした。

栞はよくこのカフェを訪れる。コーヒーの淹れ方が丁寧で、カプチーノの泡の具合も絶妙。そして、自家製のプリンやブラウニー、シュークリームが素朴な味わいで、懐かしい感じがするから。大小の観葉植物が店のあちこちに置いてあるのも、心やすらぐ。その鬱蒼とした緑の陰影。

近くに大きな公園があるせいで、このあたりには、犬を連れて入ることのできる、いわゆるドッグ・カフェが多いけれど、この店は猫もＯＫなのだ。といっても、猫と一緒の客はめったにいない。

犬がたくさんいるから、どうかな？　吠えられたり、引っ掻いたり、大騒ぎになったら？　はじめてクロエと共にここへ来たときには、栞も猫がパニックを起こすことなく、行儀よく振舞えるか心配だった。でも、クロエはちゃんと落ち着いて、栞の膝の上にいた。

よそだったら、こうはいかないかもしれない。おそらく、クロエはこの場所が好きなのだ。気に入ったのだ。

「へえ。きれいな子。ちょっと抱っこしてもいい？」

雇われ店長だという女の子――曜子ともすぐに親しくなった。

「名前は？　クロエ？　黒猫だから？」

猫はか細い声で鳴いて、ちょろっと舌を出して曜子の手を嘗めた。

そんなわけで、栞がここに通うようになって、そろそろ一年になる。クロエはすっかり馴染んで、店の中を勝手気ままに歩き回り、気のよさそうな犬には近づいていって挨拶をすることもある。

猫の挨拶――爪を出さない、ごく軽いパンチだ。クロエは黒猫といえば黒猫だけれど、右の前肢の先っちょだけが白い。大好物のミルクにちょちょいと肢を浸したら、その色に染まってしまったみたいに。その白い部分で、おとなしくて優しい犬たちに親愛のパンチを繰り出すのだ。

今も、クロエは店の隅っこで、せっせと毛繕いをしている。まるで自分の家にいるように、リラックスして。我がもの顔で。熱心に。

と、その動作をやめて、猫がふと顔を上げたのと、

「あっ。来た」曜子が言ったのが同時だった。

公園通りに向かって開け放した扉から、弾むような足取りで大きな犬が入ってきた。ジュディだ。それから、よれたチェックの綿シャツに、擦り切れたジーンズを身につけ、緑のキャップをかぶった男のひとも。

へえ。このひとかあ、と栞は思った。

「こんにちは、広瀬さん」曜子はすこぶる愛想よく言った。

それから、犬のそばへ行って、しゃがんで、

「ジュディ。ジュディ」と両手で顎のあたりをごしごし撫でた。

ジュディはゴールデンレトリバーだ。曜子によく懐いている。撫でられ、抱きしめられ、気持ちよさそうに目を細めた。ちゃんとお坐りをして、顔をすこし上向きにして。

「ねえ、ジュディ、あたらしい同居人とはうまくやれそう？　なかなかの好青年でしょう？　広瀬優喜さんっていうのよ」

優喜は、なにやら厳しい表情で、曜子とジュディをじっと見ていたけれど、ふうっと苛立たしげな息をつくと、

「どういうこと、これ？　説明してくれないかな」と言った。

「言わなかったっけ、私？」

「聞いてない」

「うそ。言ったよ、言った。たしかに言った。あなたがここを借りることになれば、この家にあるものは、もれなく付いてきますって。それでよろしいですかって、私が訊いたら、広瀬さん、うんって答えたじゃない？」

すると、彼は目を見開き、眉を吊り上げ、

「それって……それって」と繰り返した。声が微妙に裏返っている。

「俺は、家具とか電化製品とかブラインドとか、そういうものだと思って聞いてたよ。犬……まさか、犬もいるなんて……ていうか、家を内見させてもらったとき、こいつ、いなかっただろ?」

「いたのよ、それが」と曜子は言った。

そして、きっぱりとした調子で続けた。

「この家は好条件だから、賃借人についての審査があるって、私、言ったはずよ。言いましたよね、広瀬さん」

「……ああ。うん」優喜の声は、急にすこしトーンダウンした。

「だからさ、どうして僕に貸してくれるんだろうって、ちょっと信じられないような気持ちでいたんだよ。前にも言ったとおり、僕はフリーランスのアーティスト……ていうか、生活費の大部分はイラストの仕事で得ていて、でも、それだって不安定だから、たまに引越屋のアルバイトをすることもあって」

すると、うん、うん、だいじょうぶ、わかってる、というように、曜子は大きくうなずきながら、優喜がしどもどと、さらになにか言おうとするのを、片手を挙げて遮った。

「ジュディは、あなたになら、あの家を貸すのに異存はないって、そういう気持ちでいるようなの。広瀬さん、あなた、審査に通ったの。選ばれたのよ。だから、なにも心配しないで、あの家に住んでくださっていいのよ」

優喜は呆然（ぼうぜん）とした顔になって、言葉に詰まっている。

勝負あり、と栞は見た。彼はこのまま押しきられてしまうだろう。

ジュディのほうに顔を向けたら、元気に尻尾（しっぽ）をゆさゆさ揺らしながら、栞に近づいてきた。笑っている。ピンク色の舌を出して。

OKじゃない？

栞が目で合図したら、さらに勢いよく尻尾を振った。

曜子の言うとおり、どうやら、ジュディも優喜を気に入っているようだ。ふたりはうまくやっていけるかもしれない——今のところ、優喜の気持ちについては、だれひとりとして慮（おもんぱか）っていないにしても。

実際、曜子ちゃんはひとがわるいよなあ、と栞は思う。でも、ジュディのためだ。大好きな犬が楽しく心地よく暮らせるよう、心を砕いているのだ、頑張っているのだ。大まかな事情については、栞も曜子から聞いて知っている。そして、好ましい同居人が見つかればいいなあ、と思っていた。

「まあ、そこに坐ってよ。今、コーヒーを淹れるから」

曜子に促されて、優喜はカウンター席に腰かけた。栞が坐っている席から、ひとつ椅子を挟んで隣に。

「じゃあ、エスプレッソにして。ダブルで」

意気消沈しているようでいて、優喜はちゃっかりと飲みたいものをリクエストして、だるそうにカウンターに頬杖をついた。

やがてエスプレッソマシーンがしゅうっと白い湯気を上げ、カナリア色のカップに、漆黒の液体が満たされていった。芳ばしい香りが漂う。

「はい。どうぞ」

優喜が無言でエスプレッソを一口啜ったところで、

「あのね、あの家のオーナーさんのことだけど」と曜子がおもむろに話しはじめた。

「お父さん、お母さん、娘さん。三人家族なの。お父さんの仕事の都合で、海外に長期滞在することになったんだけど、ジュディのことはどうしても連れていくことができなくて、あの家に置いていったのよ。だから、あの子と一緒に暮らしてくれるひとを探していたの」

すると、優喜は露骨に不愉快そうな顔をした。

「ふぅん。なんだか、勝手な話だな。仕事の都合だかなんだか知らないけど、それは人間の都合だろ。それじゃあ、犬の都合や気持ちはどうなるんだよ？　ちょっと無責任じゃないか。あの犬が可哀想だよ」

曜子は黙って、優喜をじっと見つめた。それから、ゆっくりと視線を流して、今度はジュディのほうを見た。彼は店の隅っこの大きな植物の葉陰で、クロエと戯れている。くんくん匂いを嗅いだり、猫パンチをくらったり。その姿をしばらく眺めてから、曜子はまた優喜に向き直った。

「ひとを責めるのはたやすいけど、だれにだって、やむにやまれぬ事情ってものがあると思う。その家族だって、ジュディのことを残していきたくはなかったのよ。でも、仕方がなかったの。どうしようもなかったの」

優喜は肩をすくめた。

「で、その家族は、いつ帰ってくるわけ？　帰ってきたら、今度は、俺があの家を追い出されるんだろう？」

「当分、帰ってこないと思う」

それから、曜子は低い囁き声で言った。

「だいじょうぶ。だれも、あなたを追い出したりしない」

と、そこで優喜はなにかに気づいたのか、ふと怪訝そうな顔になった。え？　まさか？　と問いかける目で曜子を見た。そうよ、そうなの、というように、曜子も真剣な顔で、二度、三度とうなずいて、

「お願い、わかってください」と言った。

「これ以上、なにも訊かないで、あの家で暮らして」

優喜は数秒、言葉もなく曜子を見つめていたけれど、振り向いてジュディの姿を探し、犬と一緒にいるクロエのことも目にしたらしく、ん？　猫？　と微かに驚いたような表情を浮かべたあとで、また曜子のほうへ顔を向け、意を決したようすで、

「わかった。そうします」と答えた。

誠実な物言いだった。

「犬と暮らすのは、俺、はじめてだから、いろいろ教えてもらわなくちゃいけないと思うけどね」

「うん。もちろん。ありがとう。ほんとに、ありがとう」

曜子がにっこりして、うなずいた。

よかった、と栞は思った。

よかったね、ジュディ。

ここは、あたしの好きな場所。

カフェ、というの？　コーヒーや紅茶、ココア、ミルク、いろんなお菓子や食べ物の匂いがして、人間たちが集まって、なにか飲んだり食べたり、ぼんやり考えごとをしたり本を読んだり、友達や恋人に会ったり。思い思いに楽しんでいる。のんびりした気持ちいい空気が流れているの。

あたしが、栞ちゃんに連れられて、はじめてここに来たときには、びっくりしちゃった。だって、たくさん犬がいたから。猫は、あたしだけ。あとは、犬ばっかり。どうしてって思ったわ。

そして、ちょっとだけ、こわくなった。子猫のとき、犬に吠えられたことを思い出したの。あれは栞ちゃんに出会う前だった。当時、あたしは、ストリートチルドレン、というの？　路上の子だったのよ。生まれてまもなく、お母さんが死んで、あたしは兄弟たちともはぐれちゃって、身寄りもなく、お腹を空かせて途方に暮れていたの。つめたい雨が降り出したから、舗道のベンチの下で雨宿りしていたら、急に大きな黒い犬がにゅうっと顔を突き出して、すごい勢いで吠えた。びっくりした、すっごくこわかった、今でも忘れられない、あの意地悪そうな目。威張りくさった声。おまけに、変な匂いもした。

それ以来、犬って嫌いって思っていたけれど、このカフェに来て、考えが変わったの。ここに遊びにくる犬たちって、だって、ものすごく気がいいんだもの。きっと生まれたときから、ずっと、だれかに愛されるのが当たり前の生活をしてきたのね。のほほん、として長閑で呑気屋さん。あたしが近づいていくと、元気？　って目で挨拶をしてくれる子もいる。軽いパンチで挨拶を返すと、にいいいって耳まで裂けそうな口で笑うのよ。

栞ちゃんとあたしが、このカフェの常連になって、たぶん一年くらいだと思うんだけど、すっかり、ここは、あたしのテリトリー。顔馴染みの犬たちも増えた。でも、その中でも、ちょっと気になっている子がいるの。

ジュディ、っていうんだけどね——とっても、おっきな子。

からだも。たぶん、心も。

陽気で、思いやりがあって、いい子なの。でも、あたしがジュディのことが気になっているのは、彼と栞ちゃんがどこか似ているせい。

え？　顔？　冗談じゃない。

もちろん、顔じゃないわ。

栞ちゃんは犬面なんてしてないもん。

じゃあ、なにが似ているのかっていうと——待っている、だれかを待っている、その雰囲気かしら。だけど、ジュディも栞ちゃんも、なにも期待なんてしてないのよ。ただ待つことしかできないから、待っている。待つ、という透明な衣を纏って生きている。そういう感じ。

正直なところ、あたしは、そのことが、ときどき悲しくなる。どうしようもなく悲しくなる——仕方ないことなのかもしれないけれどね。

まあ、それはともかくとして。

今日はとってもお天気がいいから、「クロエ。カフェに行こう」って栞ちゃんが誘ってくれたのは、ほんと嬉しかった。あたしはかつて自由で誇り高き——でも、お腹を空かせた——ストリートチルドレンのひとりだったわけだけど、今や、家猫、というの？　人間と一緒におうちの中で生活しているので、外出もままならなくなっちゃったの。

安楽だけど、つまらない。散歩くらい、自分ひとりでできるって思うけど、栞ちゃんは交通事故とか誘拐とか迷子とか、心配の種は尽(つ)きないって感じ。だから、琹ちゃんが「お出かけする？」と言ってくれると、うきうきしちゃう。あたしは首輪をするのだって我慢ならないタイプなので、もちろんキャリーバッグに入るのも嫌。その代わり、琹ちゃんの腕の中ではちゃんとおりこうにしていて、カフェに着くまではぜったい暴れたり逃げ出したりしようなんて馬鹿なことはしない。

　そして、カフェに入っちゃったら、もう、こっちのものよ。琹ちゃんは、あたしのマナーの良さを信じて、放ったらかしにしてくれるから。犬たちに挨拶したり、お客さんたちに「あ、猫だ。可愛い」なんてちやほやされたり、この店にたくさん置いてある植物を眺めたり、楽しいったらないの。

　お店の曜子ちゃんも大好き。彼女の淹れるコーヒーの香りも好き。

　琹ちゃんは、決まってカプチーノを飲む。どうしてかっていったら、たぶん、ミルクの泡が好きなのね。彼女は泡好きな女なの。

　なんたって、愛読書が『日々の泡』だから。

　知ってる？　ボリス・ヴィアンっていうフランスの作家が書いた恋愛小説よ。あたしは読んだことはないけど――もちろん読もうと思ったら、本くらい読めると思うの。ただあたしにとっては、ページを捲(めく)るっていうのが至難の業(わざ)なのよ――ときどき、琹ちゃんがあたしに朗読してくれる。たしかに、素敵なフレーズがいっぱいある、素晴らしい作品なの。そもそも、あたしの名前——クロエは『日々の泡』に登場する女の子からもらったものなのよ。小説の中のクロエは、肺の中に睡蓮の蕾ができるっていう、不思議な病気に罹っちゃうんだけどね。

その話をはじめると、きりがないから、またいつか。

今日はわりとお店が空いていて、曜子ちゃんと栞ちゃんは、カウンター越しにおしゃべりをはじめて、なんの話かなあ？　って聞くともなく聞いていたら、ジュディのことだった。どうやら、彼の家に、あたらしいルームメイトが引越してきたらしいの。そのあと、電話が入って、

「これから来るよ」って曜子ちゃんが言うから、興味津々。

もうすぐジュディに会うんだから、身だしなみを整えなくちゃ、と思って、あたし、店の隅っこに行って、大慌てで身繕いをはじめたわ。

そして、五分か十分ほどしたら、来た、来た。

ジュディ！　ジュディ！　それから、ルームメイト。ちょっとキュートな男の子だと思った。服装とか無造作なお洒落で、まさしくストリート系なのよ。あたしとは相通ずるものがあるかもって直感した。顔立ちや体型も暑苦しくなくて、涼しい感じ。

「こんにちは、広瀬さん」って曜子ちゃんが言った。

広瀬さんっていうんだ、このひと。

でも、あたしは広瀬くんって呼んじゃおうって思った。だって、〈広瀬さん〉っていうより、断然〈広瀬くん〉って雰囲気の男の子なんだもの。

なんか、ちょっとシャイな気分になっちゃって、あたしは彼に近づいていくこともできなくて、店の隅でじっとようすを見ていたの。

広瀬くんったら、すこし不機嫌そう。でも、それがまたいい感じ。なにやら曜子ちゃんと話し合っている。なんだろうって思っていたら、ジュディがやって来て、やあ！　って顔をするから、あたしも、こんにちは！　って顔をしてみせたわ。ジュディって、ほんと、人懐こくて、猫懐こい。えいっ。思いきり愛情をこめた、猫パンチをお見舞いしちゃった。

曜子ちゃんがこちらに視線を送ってきた。栞ちゃんも。

しばらくしたら、広瀬くんも、あたしたちのほうを振り返った。あたしのことを見て、あれ？　って顔をした。どうして？　あたしのこと、きれいな猫だって思ったから？

うふ。嬉しいな。これからの日々、面白いことになるって予感がする。

2

その朝、優喜は、すいかだった。

いや、違う。すいかを切ろうとしていた。台所のテーブルの上にまな板をのせ、包丁を構えて。ところが、ころころころり、すいかはまるで意思を持っているみたいに優喜の手を離れ、転がって、「あっ！」テーブルから落ちた。

そのとき、優喜は、すいかになった。

ひゅうっと落下するさなかに、もうすぐ割れるんだ、と思った。

数秒後には、床に叩きつけられて、黒いぎざぎざの縞の入った深緑の、厚みのある外皮が砕け、赤い果肉が四方八方に散るだろう。その瑞々しい薄い血のような赤の中に、真っ黒な種が、なにやら不吉な予兆みたいに点々と混じっているだろう。あーあ。落ちてくよ、俺、割れちゃうんだよ、やっちゃったよ。後かたづけは、いったい、だれがしてくれるの？

と次の瞬間には、全身に衝撃を覚えた。

ぐしゃ。やっぱり割れた、と思った。

でも、違った。優喜はリビングルームの床の上に転がっていた。前の晩、身を投げ出したまま、つい眠ってしまったソファから落ちたのだ。

すいかのことは夢だった。

「いてえ」優喜は声を洩らした。背中や腰を打ってしまった。痛い。でも、どこが、といって、いちばん痛いのは頭だった。落ちた、割れた、すいかが、頭が――いや、割れちゃあいない。だけど、割れそうだ。

「……二日酔いか」床に寝転がったまま、頭を抱えた。

思えば、昨夜は、ずいぶん飲んだのだった。

平日だったものの、イラストの締切も引越屋のアルバイトも、なにも仕事のスケジュールが入っていなかったので、午後から街に出て、古本屋や中古ＣＤの店を覗き、天気もよかったから、散歩がてら汗をかきかき歩きに歩き、日が暮れたところで、美大時代の先輩で写真家の藤井（ふじい）さんと、イラストレーター仲間の立川（たちかわ）くんと会って、「いよいよ夏だな、きゅっとつめたいのが飲みたいね」と盛り上がり、ビアホールに行って、ソーセージやらピクルスやらピザやら枝豆やらトマトサラダやらラムのミートボールやらをつまみに、大ジョッキでビールを飲んだ。

はてさて、何杯飲んだのだったろう。会話も弾んで調子よく、「もう一杯、同じやつ!」と幾度となくウェイターに声をかけた。

やがて、大ジョッキの重さと、おそらくは酔いのせいで腕がしびれて微かに震えだし、「俺、もう限界。腕がびりびりしてる」と笑いながら言ったら、「けっこうな重量だもんな、このジョッキ。ビール飲むためには筋肉が必要だよなあ」と藤井さんが真顔で言って、「だけど、広瀬くんはさ、引越屋のバイトもしてるから、筋肉なら充分にあるはずだろ? 負けるなよ、ビールなんかに」と立川くんがほんのり赤い顔で、ふん、と上機嫌に鼻を鳴らすので、優喜は、よし明日からダンベル体操をやろう、もっと筋肉をつけて皆が酔いつぶれる頃になっても、ぜんぜん平気なようすで軽々と大ジョッキを持ち上げられる強くて逞(たくま)しい男になろう、と本気で考えたのだった。

それから、二軒目に行った。藤井さんの案内で、繁華街の裏道にある、場末のバーという感じの店。そこで、ウィスキーの水割りを何杯? ええと、何杯飲んだ? かなりの回数、トイレに足を運んだ。その合間に、笑った、しゃべった、さらに飲んだ。いつのまにか、立川くんがいなくなっていて、「ああ。あいつなら、さっき帰ったよ」と藤井さんが言って――

それきり、記憶が途絶えている。

どうやって、帰ったんだっけ？　思い出そうとすると、断片的なシーンが頭を掠める。よろけながら駅の階段を上った、はやい時間から飲んでいたから、なんとか終電には間に合った、吐き気をこらえて電車に乗った、つり革につかまって立ったままふらふら揺られつつ居眠りをした――そんな自分の姿が、まるで幽体離脱をして高いところから眺めたみたいに、ちらっちらっと見えてくる。だらしない、かっこわるい、みっともない、三十三歳男子の俺。

「ちぇ。いい歳して」思わず、口をついて出る。

酔っぱらったことが問題なのではない。べつに毎晩、こうじゃないのだから。優喜が自己嫌悪に陥ってしまいそうになるのは、べつのことだ。

ついに別れてしまった彼女のこと――正直なところ、別れたくなかった、なんとか、関係を修復したかった。それが叶わなかっただけに、今となってはもう思い出したくない。忘れていたい。けれども、ふとしたときに、耳の奥で彼女の声が響くのだ。

「あなたは、どうして、そうなの？」と。

怒っている、と同時に、悲しくてならないような声。

「すこしは変わろうって思ってくれてもいいじゃない？　私たちふたりの生活のために。無理？　なんで、無理なのよ？」

顔も浮かぶ。彼女は今にも泣き出しそうに見える。でも、泣かないのだ、決して、泣かない。頑固に唇を引き結び、眉間に力を入れている。泣け、泣け、泣いてくれ、と優喜は思う。

いっそ泣いてくれれば――

涼やかな雨が降れば、余計な熱も収まるだろうに。

今となっては、なにもかも過ぎたことだ。終わったことだ。取り返しがつかない。優喜はふうっと大きく息をついて、ゆっくり、まばたきをした。窓にはブラインドが下ろしてあるけれど、その隙間から射しこむ光で部屋の中は明るく、ほとんど、眩しいくらいだ。頭に響かないよう、そろそろと首を動かして壁の時計を見やると、もう十時を過ぎていた。

それでいて、まだ寝足りないような気がして、ふたたび目を閉じ、うとうとしかけたところで、生温かくて濡れた、ざらっとした感触を頬に感じた。嘗められた、味見された。微かに獣の匂いもする。日向の、土埃。サハラの、ライオン？　俺を食っちゃうつもりなのか。

重たい瞼を開けたら——ライオンではなく、犬だった。

「ああ。ジュディ」優喜は両腕を伸ばした。

大きな犬は首をすこし前に突き出して、とろっと溶けそうなキャラメル色の瞳でじっと優喜を見つめ、尻尾を揺らしている。両耳の下のあたりを両手でごしごし撫でてやると、黒い湿った鼻をぴくっと動かし、いきなり口を開けて、長い舌をだらんと出した。

なにか物言いたげだ。すくなくとも、そう見える。

「なんだよ?」と優喜は言ってみた。もちろん、返事はない。

「お腹空いたの、おまえ?」

うん。お腹が空いたんだ——そう言っているようにも見えるが、その一方で、ただ、ただ、優喜が目を覚ましたことを喜んでいるようにも見える。口元は陽気な印象で、あはは、あははは、あっけらかんとした笑い声が今にもこぼれてきそうだ。遊ぼう。遊ぼう。遊びにいきたいよ。左右にリズミカルに揺れる尻尾は、そんな気持ちの表れだろうか。言葉を使わない分、犬はボディランゲージが盛んだ。

いや、使ってんのかな?　優喜はゆっくりと起き上がりながら、考えた。人間の言葉を使わないだけで、犬は犬なりに、犬の言葉を使っているのか。

「なんでもかんでも、人間を基準にして、ものを考えちゃいけないね」そう独り言を洩らすと、犬はふと目を細めて、ふふん、と顎をしゃくるような、生意気な仕草をした。まるでこっちの言っていることを理解したみたいに。それから、くしゃん！　上下に頭を揺って、くしゃみをした。耳がぱたっと一緒に揺れた。

なんだ、くしゃみの前兆だったのか。

なんなの、こいつ？　なにがしたいの？　けっこう気を遣わせられるよなあ。日に何度か優喜は思う。つまり、まだ慣れていないのだ――ジュディの存在に。家具つき犬つきの、この一軒家に引越してきて、もう三週間ほどになるのだけれど。

子どものときに、家で飼ったことがあるのは、思い起こせば、金魚と文鳥だけ。友達が犬を連れて歩いているのを見かけて羨ましくて、「犬！　犬！　僕も犬が欲しい」と母親に訴えたことはあるが、「なに言ってんの。無理よ」と、あっさり却下されたのだった。でも、それも当然だった。狭い団地暮らしだったのだから。あれから二十年以上の月日が過ぎて――忘れた頃にひょいっと、子ども時代の願いが叶ったというべきか。

それも大型犬。ゴールデンレトリバーだ。

その存在感たるや。

小柄でおとなしい女の子よりよほど、いるぞ、という感じ。無視できない。いないことには、できない。おまけに、やれ、ごはんだ、やれ、散歩だ、と犬は人間に対して、遠慮会釈なく、犬の生活を押しつけてくる。

だるいなあ、と思いつつもキッチンへ行って、

「さあ。ごはん。ごはん」つぶやきながら、棚の中からドッグフードの袋を取り出して、ざざっ、ざざっ、犬用の食器にたっぷりと盛り上げた。水もあたらしいものに取り替えた。

ジュディは優喜を見上げ、その毛むくじゃらの顔に満面の笑みを浮かべ——ぜったい、にっこりした、今のはそう見えただけじゃなくて、ほんとに笑ったんだ、と優喜は確信した——実に健やかな食欲で、そして、もともとの飼い主の人柄が窺われる、つまり躾のよく行き届いた、犬としてはおそらく最高のマナーで、朝ごはんを食べはじめた。

「ごはんのあとは、散歩か。散歩だな、ジュディ」

ペットボトルに直接口をつけて、ミネラルウォーターを喉を鳴らして飲みながら、優喜はすこしだけ気分がよくなってきたのを感じていた。顎を指先で撫でたら、髭がちくっとする。剃らなくちゃな、と思う。

「シャワー浴びてくるよ、ジュディ。ちょっと待ってて」

犬は食べるのを中断して、優喜を見上げた。

声をかける相手がいるのは、わるくない。
優喜は、ひゅうっと口笛を吹いてみた。

僕たちは出かけた。
意気揚々、だよ。天気もいい。ちょっと暑過ぎる気もするけどね。ほら、僕、年がら年中、毛皮のジャンプスーツを着てるようなもんだから、冬はぬくぬくしていてあったかいけど、夏はちょっとしんどいなあって思うこともあるんだ。体温の調節がね、たいへん。でも、家にじっとしているよりは、外に出たほうがずっといい。
僕、散歩は大好きさ。歩く、歩く、どんどん歩く。息を吸う、大きく吸う、いろんな匂いが僕の鼻を通り過ぎて、からだの中に満ちていく。
夏は素敵だね。木々や草や昆虫の匂いが、一年中でいちばん豊かで盛んなんじゃないかな。空気の中に溢(あふ)れて、こぼれちゃいそうなんだ、生命(いのち)が。

空は真っ青。雲も勢いよく力強い感じ。太陽も元気いっぱいだよ。背中にじりじり照りつける。アスファルトが溶けそうに熱い。足の裏が火傷しそう。まだ七月なのに、もう真夏みたいなんだ。

蟬もじいじい鳴いている。ちょっと、せっかちな感じ。はやく、はやく、はやく生きないと、死んじゃうよ。蟬の声って、そんなふうに聞こえる。

だけど、僕のあたらしい同居人は、ほんと呑気なんだ。

「ジュディ。急ぐなよ。そんなに、とっとこ歩かないで」そう言いながら、のんびり進んで、ときどき、顔をしかめて額に手を当てている。どうやら、昨日、たくさんお酒を飲んだらしいんだ。夜遅く帰ってきたとき、アルコールの匂いをぷんぷんさせていたからね。

着替えもせずに、ソファに倒れこんで眠っちゃうのを見て――ああ、きっと二日酔いになるぞ。そう思った。そしたら、ほら、案の定。

青年、しっかり歩け。

励ますつもりで、一声吠えてみたら、

「ああ」と面倒くさそうに答えた。

そして、歩くスピードをすこし上げた。

あれ？　僕の言ったこと、わかったのかしら。

一緒に暮らしはじめて、まだ三週間ほどだから、僕の言葉を理解できるようになったとは考えにくいけど、もしかしたら、ね？　結局のところ、時間をかければお互いのことが、わかり合えるようになるってもんでもないだろうから。こういうのって、たぶん、相性なんだ。

その点、前の同居人はひどかった――いや、わるいひとじゃなかったんだよ。ただ忙し過ぎたのかもしれないね。

僕たちのあいだには、生活についての価値観の、決定的な相違があって、いかんともしがたい状態だったともいえる。だって、その彼、優喜くんよりちょっと若い、やっぱり独身の男の子だったんだけど、朝はやく起きて会社に行って、夜更けにならないと帰ってこない。休日だって寝てるか、出かけるか、女の子を連れこむか。そのどれかなんだもの。僕は大いにほっぽらかされていて、なんだかなあ？　って思っていたんだ。

散歩もままならなかったからね。欲求不満になって、真夜中につい無駄吠えをするようになったら、「うるさい。眠れないよ。いくら家賃が安くたって、これじゃあ、やってけない」って怒って、よそへ引越していっちゃった。正直なところ、ほっとしたよ。

「ごめんね、ジュディ」って曜子ちゃんが、あとで僕に謝ってくれたけど、曜子ちゃんのせいじゃ、ぜんぜんない。

実際、曜子ちゃんは、ほんと、僕のためによく頑張ってくれてるなあって思う。すごく感謝してるんだ、僕。

あれは何年前だっけ？　考えようとすると、頭の中にもわっと霧がたちこめたみたいになって、どうもはっきりしないいんだけど、僕の家族――日登美ちゃんと、彼女のパパとママが外国で暮らすことになって、僕はこの家の留守番を任(まか)された。「ジュディを信じて頼りにしてるから」日登美たちは安心して、このおうちを、あなたに任せることにしたのね。すごいじゃないの。偉いね、ジュディ」って曜子ちゃんは言って、僕だけじゃ至らないことについては、あれこれ世話をしてくれている。日登美ちゃんとは、子どものときからずっと仲良しの親友だったから、曜子ちゃんが僕によくしてくれるのは当然のことなんだって。

だからね、僕のために同居人を探してくるのも、曜子ちゃん。

「ほんとは、私がジュディと一緒に、この家で暮らせたらいいのにね」って残念そうに言っていたことがあったけど、そうはいかない事情があるんだ。曜子ちゃんにはすでに同居人の男の子がいて――つまり、ボーイフレンドっていうか、恋人ってことだけど、そいつが、なんと犬アレルギーなんだよ。まいっちゃうよねえ。

僕の大好きな曜子ちゃんの恋人だなんて、ちょっと悔しいけど、まあ、いいよ。きみも、この家に住んだら？——と、僕が太っ腹に構えたところで、だめなんだもん。

あんなやつとは別れちゃえ。世の中には男なんてたくさんいるんだもの、犬アレルギーじゃないボーイフレンドを作ればいいんだ！　でも、そんなふうに、僕が心の底で願っていることは、ひみつ。秘密。

日登美ちゃんたちがいなくなってしばらくのあいだと、前の同居人の男の子が出ていったあとはずっと、曜子ちゃんが毎日、この家に通って、僕のごはんと散歩の世話をしてくれていた。いい感じだった、楽しかった。だけど、一日の大半は、僕、ひとりぼっちだったから、淋しかったのは事実。やっと、あたらしい同居人が見つかって、ほっとしたよ。

優喜くん。なんたって、きみは、家にいる時間が長いしね。ときどき、肉体労働のアルバイトに出かけたり、ふらっと遊びにいったりはするけれど、家にいて絵を描いたり、熱心になにか作ったりしていることのほうが、圧倒的に多い。アーティストなんだって、彼。

それって、僕にとっては、ほんとうに素晴らしいこと——ええと、アートのことじゃなくてね、だれかが、いつも、おうちにいるって。

すっごく安心していられる。

いつだったかなぁ？　わりと最近のことだけど、「おい、ジュディ。どう思う？　俺って頼りない男？」限りなく独り言っぽい調子で、優喜くん、そう僕に訊ねたことがあったけど、そんなこたあ、ないよ。

言葉さえ通じれば言ってあげたい。売れないアーティストだっていいじゃん？　気にするなよ、構ったこっちゃないよ！　って。

「ジュディ、どうする？　こっちか、あっちか」

ほら、こんなふうに僕の意思を尊重してくれるところも好き。彼は独善的じゃないんだ。デリカシーがあるんだね。

今、僕たちは公園通りを歩いていて——闊歩してるの、闊歩。とびきり素敵な通りだからね、ここは。街路樹が緑の葉を茂らせていて、なんともいえない、いい匂いがする。公園から涼やかな風も吹いてくる。

優喜くんも歩いているうちに、だいぶ二日酔いが治まってきたみたい。あらためて僕の顔を覗きこんで、もう一度、

「おい。どっちに行きたい？」って訊きながら、まず公園の入口を指差して、それから、通りの先に指の方向を動かした。

通りの先になにがあるのかって？

ルーティーンだよ。曜子ちゃんのカフェだ。

カウンターに頬杖をついて、メニューを眺める。

AかBか、すこし迷ったあとで、栞はBランチをオーダーした。Aは明太子のクリームパスタ、Bはハンバーグ。土曜日の昼時のカフェは混みあっていて、ほとんど満席状態だ。カップルや家族連れや若者のグループや。皆それぞれに盛んに口を動かしている。食べる、飲む、しゃべる。口の用途は実に多様だ。

栞は軽くからだを捻(ひね)って店内を見渡して、膝の上でおとなしくうずくまっている猫のクロエに向かって、ごくちいさな声で、

「活気があるね」と言ったあとで、ひとり客は私だけ？　今度は胸のうちで、こそっとつぶやいた。

店が空いている時間なら、カウンター席に坐っていれば、曜子が話し相手になってくれ

るのだけれど、さすがに今はそうもいかない。ウェイトレスの女の子がふたりいるものの、曜子も客席を回ってグラスに水を注いだり、オーダーを取ったり、厨房のスタッフにオーダーを伝えたり、息をつく間もなく忙しそうだ。でも、栞と目が合えば、にこっと微笑む。

栞も微笑み返して、家から持ってきた読みさしの文庫本を開いた。が、なんとなく集中できない。クロエは背中をまあるくしている。ときおり、髭をふるっと震わせる。彼女もいつもなら栞にじっと抱かれているのではなく、フロアを我が物顔で歩き回るのだが、これだけ店が混んでいると、すこし、こわいのかもしれない。決して、臆病な猫ではないにしても。

栞がクロエを連れて、カフェ・ルーティーンを訪れるのは、土、日曜日のティータイムから夕方にかけて、もしくは、平日の夜が多いのだ。もっと店の中がゆったりと落ち着いている時間帯だ。

クロエをじっと見つめていたら、ちらっと猫は栞を見上げ、それから、また正面を向き、いきなり口を大きく開いて、あくびをした。目をきゅっと細め、尖（とが）った歯を見せて。まるで化け猫みたいな顔になった。それがまた可愛くて、栞は笑いを誘われ、と同時に、つい、つられてあくびをした。慌てて、口元を手で押さえつつ、

「ねむ。ねむ。寝不足」声には出さずに、息だけで猫に囁いた。

昨夜は、かなり夜更かしをしたのだ。そろそろ寝ようかと思っていた頃、郷里の友達である智恵から電話がかかってきて、久しぶりだったので話題も尽きず、パジャマ姿でベッドの上に寝転がって、延々と——

延々としゃべって時を忘れ、「じゃあね。またね」と電話を切ったときには、二時近かった。

楽しかった。もちろん、そのはずだが、何時間も夢中になって、なにをしゃべったのか、今となっては、よくわからなくなっている。

智恵とは中学生のときからずっと親しくて、もう十八年来の友達だ。出会った頃には十二か十三の子どもだったのに、いつのまにか、三十歳を過ぎてしまった。いつのまにか、としか言いようがない、と栞は思う。学校の制服を着て、ハイソックスと革のローファーを履き、膝小僧に風を感じつつ並んで歩いていたのは、ついこのあいだのことのような気がするのに。

あれは遠い日々なのだ。でも、たしかに時は過ぎて——

大人になったんだなあ、とも思う。

すくなくとも、智恵は。

なんたって、彼女はすでに二児の母だ。上の女の子は五歳、下の男の子は三歳になったんじゃなかったっけ？　昨夜、智恵は、「今、お取り込み中？　すこし、話してもだいじょうぶ？　なんか、急に、栞の声が聞きたくてたまらなくなって」と言った。声を潜めて、ひそひそと。そのことによって、なんだか彼女の声が甘く感じられた。しばらくしゃべってから、「いいの、長電話してて？」と訊ねたら、「うん。いいの、いいの。ダンナは飲んで帰ってきて鼾かいて爆睡中だし、子どもたちも、もちろん、もう夢の中だから。やっと寝てくれた。だから、栞に電話できたんだよ」そう智恵は笑いを含んだ調子で答えた。

こんなときだ、栞の肩が、ほんのわずかに下がるのは。くすっと笑いながら、「うん。でも、もう、このへんで」と電話を切りたくなるのは。

栞は、ひとり暮らしの部屋の、シングルベッドの上。

むかし、と違うこと——懐かしい女友達とのあいだに介在している、なにかがあるということ。それは夫や子どもの存在というよりは、むしろ、遠慮じゃないかな、と栞は思うことがある。と同時に、遠慮はしているのに相手をちゃんと思いやっていないような、微妙なずれ。もちろん、お互いさまなのだけれど——そして、それは仕方がないことなのだろう。靴の中の、ちっちゃな小石みたいに感じられたとしても。

ふたりは同じ中学から、同じ高校に進学したものの、卒業後、栞は東京の大学に、智恵は地元の短大に通うことになった。「いいなあ、栞。東京かあ。私、遊びにいってもいい？　泊めてくれる？　そしたら、いろんなとこ、案内してね」女友達はすこし羨ましそうに、でも、はしゃいで言った。そして、急に悲しそうになった。「栞、離れても、ずっと友達でいようね」彼女は泣きそうになると、目が日向に置いた黒糖キャンディみたいになる。今にも溶けそうに光っていた。「ねえ。友達でいられるよね？　私たち、忘れないでしょ？」

なにを？　なんて訊くまでもなかった。

すべてを、だ。

うん。忘れない。忘れるはずがない。

あれは卒業式の日だった。在校生たちに見送られて、校門まで歩く途中で涙がこぼれそうになって、けれども、なんだか素直に涙を溢れさせることができなくて、顔を仰向(あおむ)けたら、桜の木に淡い色の蕾。ほころびかけた、ふっくらとした蕾が青い空に浮かび上がるようにして目に映った。今にも――たった今にも、花びらを開きそうだった、見つめているうちに。

あれから、幾たびも、桜は咲いて散ったのだ。

クロエが鳴いた。か細い声で。

うん、そうだね、と言うように。

「栞さん?」ぼんやりしていた栞の顔を横から覗きこむようにして、曜子がカウンターにハンバーグの皿を置いた。

「お待たせしました」元気のいい声で言う。

たちまち引き戻される。ここ。この場所に。

「うわあ。美味しそうね」声が響く、からだに。この現実の。

「でしょ? ラタトゥイユ風ソース」

白い皿の上には、分厚い、というよりは、大きなミートボール、と呼びたいくらいに丸みを帯びた、ごろっとしたハンバーグ。田舎のおばあちゃんが無造作に料理したみたいな素朴な印象だ。そして、ズッキーニや茄子、玉葱、パプリカなど夏野菜をトマトで煮こんだソースがたっぷり。そこに、さらに、粉末のパルミジャーノチーズがかけてある。

「いい匂い」栞が言うと、曜子はにっこりして、

「ゆっくりしていってね」

それから、すうっと顔を寄せ、耳元でこっそりと、

「あとすこしで、お店もだいぶ落ち着くはずだから」

栞も笑みを返して、うなずいた。

と、そのときだ。膝の上の黒猫が尖った耳をぴくっと動かし、頭を上げて宙を睨むようにしてから、素早くからだを起こして跳躍した。後ろ肢で栞の下腹のあたりを蹴って。いや、蹴るつもりはなかったのかもしれないが、結果として、蹴ったことになった。

「痛っ」思わず、栞は声を洩らしつつ、その後ろ姿を目で追って、猫の着地を見た。尻尾が優雅にゆうらりと揺れ、それから、ぴんと立った。

「クロエ!」呼びかけた。

「どうしたの?」

猫は栞の声に振り向きもせず、まっすぐにカフェの入口のほうへ向かった。そのまま街路へ出ていきそうだった。

「どこへ行くの、クロエ? だめよ」

すると、猫はふと立ち止まった。

でも、栞に止められたから、というふうでもなく、彼女の心配など、どこ吹く風で、入口のそばに肢を揃えて行儀よく坐り、それから、おもむろに片方の前肢を上げ、ピンクの舌をちろっと出して嘗め、耳や頬や髭のあたりを擦りはじめた。顔を洗っている。猫の得意の仕草だ。

「なによ、クロエったら」

カウンターの高い椅子から降りて、今まさにクロエを追いかけようとしていた栞だったけれど、彼女が店の外へ出るつもりがないのを見てとると、まあ好きにさせておこう、という気になった。だって、自由――

猫には自由がよく似合うから。

あ、と思ったの、あたし。

曜子ちゃんのカフェはいつになく繁盛していて、店内を歩き回ろうにも、猫に慣れてないお客さんが、間違って、あたしのこと踏んづけちゃったりしたら、嫌でしょ？　だから、栞ちゃんの膝の上におとなしく乗っかって、ちょっとうとうとしかけていたんだけどね。夢うつつの中で、あ、と思ったの、感じたの、ジュディだ！　って。あの子の気配よ。

それから、もちろん、広瀬くん。

あのふたりが近づいている、もうすぐここへ来るんだって、わかったの。そしたら、もう居ても立ってもいられなくなって、つい栞ちゃんのことを蹴って、彼女の膝から飛び降りちゃった。

ほんとは公園通りに出て、向こうからやってくる広瀬くんとジュディに道の途中でばったり会って、あれ？ どこに行くの、曜子ちゃんのカフェ？ あたし、ひとりでちょっと散歩してたんだけど、じゃあ、せっかくだからご一緒するわ——なんてふりをしてみたかったけど、栞ちゃんが心配するでしょ？ 大慌てで追いかけてきて、あたしのことを捕まえちゃうに決まってるから、お店の入口に留(とど)まったの。

で、猫アンテナを使ってみた。

知ってる？ 猫アンテナって。前肢をちょちょいと嘗めて、ぐりぐり擦って回すのよ、耳とか髭とかね。ほら、ラジオのチューニングをするのに似てるかなあ？ すると、見えてくるの、もしくは、聞こえてくるの、求めている情報が。今、この場合、あたしは広瀬くんとジュディがどのへんまで来てるのか、知りたかったんだけどね。

ちょちょい。ぐりぐり。

はい。だんだんと、おぼろげに見えてきました。

じじじ。ざざざ。古ぼけたTVの映像みたいな感じ？　やっぱり、ふたりは公園通りを歩いていた、このカフェに向かって。ジュディったら、すれ違う犬たちに挨拶したり、道端でなにか見つけては、くんくん匂いを嗅いだり、よそ見をしたり。好奇心が旺盛なのね。そして、あたしの大好きな広瀬くん！　プリントの色褪せた、よれたTシャツがよく似合う。だけど、まだ七月に入ったばかりなのに、もう夏バテ気味なの？　だるそうに、ゆっくり歩いている。

はやく。はやく。はやく来てよ。

あたし、待っているんだから。

まったくもう、こっちの気も知らないで、あくまでもマイペースなふたり。なんだか、じれったくて、またしても通りへ飛び出していきたくなっちゃったけど、ぐっと我慢した。あたし、じっと待つタイプの女にだけはなりたくないって常日頃から思ってるけど——そういう女って、なんか薄幸っぽいでしょ？——でも、もっと嫌なのは、どんどん攻めていくタイプの女。だって、独りよがりで暑苦しくて鬱陶しい感じがするじゃない？

なんてことを考えていたら、ほら、近づいてきた。着々と。足音も聞こえてきた。すぐ、そこにいるんだわ。

と思った次の瞬間に、ふたりが、ぬっと現れた。

目の前に。

いるっ。

「こんにちは」ウェイトレスの女の子が、はつらつとした声をかけた。

そしたら、広瀬くんも、ぼそっと、

「こんにちは」

低い、だけど、滑(なめ)らかな声だ。好ましい。

好ましいなあ、広瀬くん。

彼の足元で、ジュディもぱくっと口を開け、舌を出して笑っている。愛嬌(あいきょう)者なんだよねえ、憎めない。おっきくて、可愛い。ジュディ！

でも、あたしは心の高揚を素振りに表さないよう、気をつけた。こういうのを抑制を利かせるっていうの？　決して、にやにやせずに、たまたま入口のところにいたのよ、って顔をして、余裕たっぷりのふりをして、後ろ肢でぱぱぱぱって耳の後ろを掻いた。

それから、ちらっとふたりのほうへ視線をやったら、広瀬くんは空いている席を探して、店内を見回していた。そして、ジュディはこっちに向かって踏み出したところだった。あたしと目が合うと、彼の瞳が嬉しそうに光った。やあ！　どう？　って顔をした。

だから、あたしは、あら、ジュディじゃない？　いつ来たの？　って顔をしてみせた。

「こんにちは。広瀬さん」これは曜子ちゃんの声。

「このとおり、満席なの。カウンター席でいいですか」

だけど、今はカウンターにも、何人かお客さんがいるのよ。

「ああ。うん」と答えて、広瀬くんは栞ちゃんの隣に坐った。

わあい！　って、あたしは思った。混んでいて、よかった。空いてたら、きっと、すぐ隣の席には坐らなかっただろうから。チャンスだ、絶好の。もしかしたら、あたし、彼とお近づきになれるかもしれない。

うふ。嬉しくてたまらなくて、あたし、ジュディの前肢に二度、三度と軽く頭突きするみたいにして、額を擦りつけちゃった。

それから、もちろん、栞ちゃんの椅子のところに戻って、彼女の足元にちょこんと坐って、鳴き声を上げた。とびきり、いい声を出してみた。栞ちゃんが、あたしを見下ろしたから、今度はあえて声は出さずに、思いきり甘えん坊の顔をして口だけ、にゃあ、って動かしたら、たちまち彼女、身を屈めて、あたしのこと抱き上げて膝にのせてくれた。

しめしめ。これで、よし。

うわあ。近い。広瀬くんが、すぐ間近。

心臓がぱたぱたしちゃうなあ。微かに、広瀬くんの匂いもしそう。ああ、だけど、栞ちやんが食べているハンバーグの匂いのほうが強くて——ふう。なんか、もどかしい。せっかく、ちょっと素敵な男の子が隣にいるのに、栞ちゃん、もぐもぐ、もぐもぐ牛だの豚だのの肉を食らっている場合なの？　気づいてないのね、このひと。

魅力的な男の子がすぐそばにいたって、きっと、栞ちゃんっていつもぼんやりしていて、見逃しているんだと思う。あたしは行ったことがないから知らないけど、たぶん、お勤め先の会社でも、どこでも。

だから、彼氏がいないのね。

あっ。あ。あ。あ。今、広瀬くんがちらっと栞ちゃんのほうを見た。関心がありそうなまなざしで。さすが、広瀬くん、ぼんやりしていない。

ねえ。じゃあ、見て。見て。あたしのことも見て。

と前のめりになりかけたら、彼はカウンターの向こうの曜子ちゃんに、

「今日のランチ、ハンバーグなの？　俺もそれがいいな」と言った。

ええっ。なあんだ、拍子抜けしちゃう。広瀬くんったら、栞ちゃんに関心を示したわけじゃなくて、ハンバーグにそそられたってわけ？　ああ。もう、どいつもこいつも食欲ばっかり。

なんとなく意気消沈しちゃって、とりあえず、居眠りでもするかって気分になった。こ

のひとたちの胃袋が満たされないことには、どうにもならないんだもの。ていうか、あたしもお腹が空いてきちゃったな。

目を閉じて、しばらくしたら、今度はお店も空いてきた。あっちでこっちで食事を終えたお客さんたちが帰っていったから。ランチタイムの混雑が、やっと一段落したのね。栞ちゃんも食後のカプチーノを飲んでいる。

「美味しかった」満足そうに、曜子ちゃんに微笑む。

「よかった。ごめんね。なんか、ばたばたしてて」

「うん。いいじゃない、商売繁盛」

「まあね。目が回りそうだったけど」

そりゃあ、栞ちゃんもお客さんのひとりなわけだけど、なんか、ふたりは気が合うみたいで、友達って感じなの。

「お味はいかがですか」曜子ちゃんは、広瀬くんにも声をかけた。

それまで、黙々と食べることに専念していた彼は、ふと顔を上げて、

「ああ。うん。うまいよ。うまいです」と答えた。

男の子って食べるのが、はやい。もうほとんど、お皿は空っぽ。

栞ちゃんが広瀬くんのほうを、ちらっと見た。よし！　食べ物はもう胃袋の中なんだか

ら、関心を示したのは、彼、に対してよね？

そしたら、タイミングよく、

「あ。そういえば」と曜子ちゃんが言った。

首を振って、栞ちゃんと広瀬くんの顔を交互に見やりながら。

「紹介したことあったっけ？　まだだよね？」

「うん。このお店で、何度かお見かけしたことはあるけど」またちらっと広瀬くんのほうに視線をやって、遠慮がちに栞ちゃんが言った。

「ああ。ええ」頭をひょいっと下げつつ、広瀬くん。

そうなの。広瀬くんがジュディの同居人になって以来、ときどき、このカフェに来るから、栞ちゃんとは顔馴染みのはずなんだけど、こんなに接近したのは、はじめて。

いい展開ね。紹介して、曜子ちゃん。

「ええと、こちら、遠山(とおやま)栞さん。で、こちら、広瀬優喜さん」

「あ。どうも。広瀬です」

「遠山栞です。こんにちは」

ふたりはシャイな感じで、ぺこ、ぺこ、と頭を下げた。

もちろん、あたしもこの機会を逃すわけにはいかない。広瀬くんにご挨拶するために、ちょっとばかりアクションに出たわ。尻尾を揺らして、彼の椅子の下に寝そべっているジュディの注意を引いたの。あの子、視線をこちらに向けてきたから、あたしはじっと見つめ返して、喉の奥をくくって鳴らした。そしたら、たぶん、ジュディは、あたしに構ってもらえそうなのが嬉しかったのね。のそっと立ち上がって、いきなり栞ちゃんの膝小僧のあたりに顔を突き出して、うおん！　と吠えたの。甘え吠え。

で、あたしは、そのことにびっくりしたふりをして、えいっ。広瀬くんの膝の上に飛び移った。

「あっ！」ふたりは、ほとんど同時に声を上げたわ。

反射的な仕草で広瀬くんは、あたしのからだを両手でしっかりと抱きとめてくれた。床に落っこちないように、ね。

素敵。夢かと思った。

大きな手よ。あったかくて。

「こら。ジュディ。なんだよ？」彼はそう言いながら、笑い出した。

栞ちゃんも曜子ちゃんも、笑ってた。あたしのアクションに誘導されて、ついうっかり、わけのわかんない動きをした挙句、軽く怒られちゃったジュディは、きょとんとした顔をしていたけれど。

それから、広瀬くんは、

「すみません」って栞ちゃんに謝って、不器用な手つきで——その太くて、だけど、繊細そうな指先で、あたしの頭を撫でながら、

「この子は?」って訊ねたの。笑いの余韻の中で。

「クロエ」栞ちゃんは答えた。

そしたら、広瀬くんは、ほんのわずかに声のトーンを上げた。

「クロエ? へえ。デューク・エリントン?」

栞ちゃんはその問いかけに、すこし驚いたみたいだった。やわらかい光がぽっと瞳に宿って、唇が薄く開いて、なにか言いたそうにして——

でも、すぐには言葉が出てこないみたいな。

ちょっと間が空いた。

ほんの数秒。きっと、彼女、頭の中でアイディアをくるくるっと回転させたんだと思う。プレーヤーの上のレコードみたいに。

「広瀬さん、知ってるのね? そうなの。この子、デューク・エリントンに編曲してもらった猫なのよ」

3

クロエ。クロエか。

カフェ・ルーティーンで、その名を聞いてからずっと、優喜はCDを探している。たしかに、持っていたはずなのだ。「クロエ」という曲の入った、デューク・エリントンの三枚組のアルバムを。

熱烈なデューク・エリントンのファンというわけではないけれど、何年前のことだったろうか、かなりマニアックなジャズファンの友人が、「名盤だよ。めろめろになっちゃうよ」と力説しているのを聞いて、買わずにはいられなくなった。優喜の懐具合からすれば、決して安い買い物ではなかったものの、肉体労働のアルバイトで疲れ果てて帰った夜、一緒に暮らしていた彼女が残業でまだ戻っていないときなど、部屋の明かりも点けず、ひとりぼっちで床の上にごろっと横になって、わざとボリュームを絞って聴くと、心やすらいだ。ほっとした——そういった類いのCDだった。

昔懐かしいジャズの調べ。楽団の演奏には艶があって、芳醇だった。音楽と共に、たっぷりとした豊かな時間が流れだす。古き良き時代、なんて言葉がしっくりと馴染む。その空気を、実際には優喜は知らないにしても。

「どこにあるのかなあ?」溜息混じりでつぶやいて、引越の際にCDを詰めこんだまま、まだ手をつけていなかった段ボール箱をいくつか開け、俺ってCDいっぱい持ってるんだな、いつのまに、こんなに集めちゃったんだろ?——そんな感慨を覚えつつ、一枚一枚取り出してチェックしていると、それぞれのCDに思い出やら思い入れがあって、感傷的な気分になる。油断すると、目に涙が浮かぶことさえあって、だれも見ていないにしても、なにやってんだ、俺? と今度は照れ笑いを浮かべる。

ときどき、あのカフェで見かける黒猫——あの子の名前がクロエだと知って以来、優喜は久しぶりにデューク・エリントンを聴いてみたい気持ちになっているのだが、いっこうに目当てのCDが見つからない。どこかに紛れているのか。それとも、別れた彼女のもとに置いてきてしまったのか。

いや、もしかしたら、だれかに貸したのかもしれない。

本やCDの貸し借りはするものではない。貸したはいいけれど、そろそろ返して、と催促できずにいるうちに、やがて貸したことも忘れてしまうからだ。でも、「あ。いいの持ってるじゃない？　ちょっと貸してよ」なんてことを言われたら、断るのは至難の業だ。その作品から受けた感動をだれかと共有したい、そう心の底で願っていれば、なおさらだ。

いっこうにデューク・エリントンは見つからないけれど、「おっ。そういえば、これ持ってたよな」と手にしたときに思わず声を洩らしてしまったポール・サイモンを久しぶりに聴くことにする。CDをプレイヤーにセットして、優喜は仕事に戻った。若い男性向けのファッション雑誌のカットだ。描くときには、いつも、なにか音楽を流すことにしている。そのほうが集中できる。

リビングルームの、どっしりとした楓材のテーブルの上は、仕事道具で散らかっている。それから、スープが底に残ったカップラーメンの容器や菓子パンの袋や。飲みかけのコーヒーが入ったマグカップや。

もう何時間も、描いているのだ。食べたり、飲んだり、ふと思い立って、CD探しに没頭したりしながらも。ついさっき、ブラインドを上げた窓の、ガラス越しに鮮やかな夕焼けを目にしたのに、いつのまにやら、空は藍色になっている。もう夜だ。部屋に明かりが点いているせいで、ガラスが鏡のようになって、外の景色はもうよく見えない。

それにしても、と優喜は胸の中でつぶやいた。

ポール・サイモンは元気だなあ。いったい、なんだろう、この素朴な陽気さは？　悲しい曲でも溢れんばかりの光を感じさせる。おまけに、彼の音楽を聴いていると、なんだか無性にコーヒーとドーナツを口にしたくなる、なんて食欲にかられるのは俺だけかな？

そんなことを思いつつ、猫背になって紙の上でペンを動かしていたら、電話が鳴り出した。

「もしもし？」優喜が応えるなり、

「ああ、俺。俺だよ、俺」と、ぶっきらぼうな口調で、まるで恋人か母親に電話をかけているか、もしくは詐欺師(さぎし)みたいな物言いをしたのは、好意的に考えれば、名乗るまでもなく声だけで互いを認識し合える親しさをこめているのかもしれないのだが、写真家の藤井さんだった。

「いやあ、暑いな。灼熱(しゃくねつ)だな。八月になったばっかりなのに、これだもんな。たまんないよ。東京は亜熱帯になっちまったのかよ？　俺、ここ数日、仕事でインドネシアに行ってたんだけどさ、はっきり言って、あっちのほうがよほど涼しかった気がするよ」

相手の都合を慮ることもなく、プライベートな空間にぐいぐい押し入るような勢いで、まくしたてるのも、いつものことだ。

「へえ。インドネシアですか」と優喜が言うと、

「そうなんだよ。おっぱいの大きいアイドル女優の撮影でね……」と答えてから、すこし黙りこみ、

「おや？　おやおやおや」藤井さんは声の調子を変えた。

「ちょっと、広瀬くん、懐かしいじゃないの」感に堪えないように言う。

「は？」なんのことやら。

「いいねえ。サイモン。僕らのポール・サイモン」

「ああ」音楽のことか、と思う。

また耳をすますような、数秒の沈黙のあと、

「なんだよ、これさ、あれじゃないの」今度は藤井さんは声を低めた。

「はい？」

「広瀬くん、まだ未練たらたらなの、響子さんにさあ？　そりゃあ、気持ちはわからないでもないよ。彼女、いい女だったからね。器量も気立ても。きみたち、付き合いも長かったし。でも、そろそろ思いきらなきゃ。彼女のマンション、追ん出されてもう何ヶ月？　え？　二ヶ月？　まだそんなもんか。だけど、そもそも別れ話が出たのは、もう一年くらい

い前だろう？　ああ。なんか、遠い昔のような気がするねえ」

いったい、なぜ、藤井さんが唐突に、別れた彼女のことを言い出したのか――優喜にはすぐにはわからず、それより、「彼女のマンション、追ん出されて」という科白に思わずむかっとして、電話を持つ手に力が入り、いいえ、先輩、違います、あのマンションはふたりの名義で借りたものだし、僕は追い出されたわけではなく、あくまでも自分の判断で出てきただけです、と慇懃無礼にして嫌味をこめた〈です、ます調〉で説明しようかと考えている最中に、ふと手元にあったCDのライナーノートに目を落として気がついた。背後で流れている曲のタイトルが「恋人と別れる50の方法」だということに。

つまり、この曲を聴いているのは、別れた彼女に対する未練を断ち切れずにいるせい、と藤井さんは思ったわけだ。

優喜は苦笑しつつ、

「藤井さん。あの、いや、そうじゃなくて」と言ったのだけれど、

「あのさ、おまえ、知ってる？」まるで、だれかに聞き耳を立てられるのを警戒するかのように、急に藤井さんは声を潜めた。

「響子さん、こないだ、婚約したって噂だよ。どっかのレストランで、ささやかなお祝いのパーティーがあったらしいぜ。そんな男、いたのかよ？　って俺、その話聞いたと

き、耳を疑っちゃったんだけどね、よくよく考えてみれば、べつに、そいつと広瀬くんと二股かけてた時期があったとは限らないよな。なんか、最近はさ、経済にしろテクノロジーにしろ、ほら、変化のスパンが短いだろ？　ひとの心もスピーディーに突き進んでいく時代なのかなあ、なんて思ったよ」と、そこで、藤井さんは、ふう、と溜息を吐いて、「ついてけねえ」と、つぶやいた。

婚約？　彼女が？　もちろん、知らなかった。

優喜は窓のほうに目をやって、ガラスに映る自分の姿を見つめた。顔の表情まではわからない。でも、しばらくカットしていない髪は寝癖(ねぐせ)がついたままで、よれたTシャツに短パンという格好。テーブルに頬杖をつき、電話を左耳にあてている。背中がしょんぼり丸まっている。あいつ、だれだよ？　自分で自分に問いかけたくなる。

情けない感じだよなあ？

じっと見つめて、これ以上、見つめ続けることに耐えられないような気がして、目を逸(そ)らし、電話の相手に意識を戻して、藤井さん——このひとには悪気はないんだよ、わかってる、と心の中でつぶやいた。

いや、むしろ、これはある種の思いやりなのだろう。優喜が響子と付き合いはじめてから、いよいよもう終わりだという最後の日々まで、藤井さんはその経過を知っている。優喜たちのマンションにも、よく遊びにきてくれた。響子とも仲がよかった。ふたりに別れてほしくない、と、だれよりも願っていたのは、このひとだったかもしれない。だからこそ、あえて軽々しい言い方で、すべてを過ぎ去ったこととして流そうとしているんじゃないか。

すうっと息を吸いこんで、

「なんか、犬が」と優喜はつぶやいた。

さっきまでの勢いはどこへやら、言葉を失ったみたいに黙りこくっている相手に、なにか言わなくちゃ、と思ったら、口をついて出たのが、それだったのだ。たぶん、視線の先に、ジュディがいたから。

モスグリーンのソファの上に寝そべっている。ちょうど冷房の風が当たる位置にいて、背中や尻尾の毛が微かになびいている。気持ちよさそうだ。

「え？　なに？」と藤井さん。自分のおしゃべりが招いた気まずさから逃れようと懸命になっているのが伝わってくる。

「いや。なんか、犬が……ほら、俺が引越してきた家に犬がいるって話、前に会ったとき、したでしょう？」

「ああ。うん。うん」

俺、なにを言おうとしてるんだろう？　わからないままに優喜は言った。

「ジュディっていうんですけどね」

ジュディは呼ばれたと思ったのか、薄く目を開け、ひょいと顔を上げた。

「その犬がカフェで会った猫と仲がよくて、その子がクロエっていうんですよ。名前がね、クロエ」

「だれ？　クロエ？」

「そう。クロエ。猫です。黒猫」

ジュディは、今度は、クロエ、という名に反応したのか、むくっと起き上がり、ソファから降りて、優喜のほうへ歩いてくる。尻尾を振りながら。

「へえ。クロエっていえば……デューク・エリントン？」

「ええ。デューク・エリントンが編曲して、彼のアルバムにも入ってる……」言いながら、思い出した。

「あのう、俺、藤井さんにCD貸しませんでしたっけ？」そうだ、このひとに貸したんだよ、俺。

あ、と藤井さんはちいさく声を洩らして、ああ、と次に低く唸った。

「あれ、どこやっちゃったっけなあ？」

「まさか、また貸しとかしてませんよね？」

ひっそりとした沈黙が、また訪れた。

「……いや。うん。たぶん……そんなことしてない。僕がそんないい加減なこと、するような人間だと思う？　だけどさ、あれ、いいCDだったよねえ。まさか、だれか、うちに遊びにきたやつが感動のあまり、俺に無断で勝手に借りてっちゃったたってことは……」

「うわあ。勘弁してよ。返してくださいね」優喜がきっぱりと言うと、

「はいはい」藤井さんは二度返事をして、ふたりでしばらく音楽の話で盛り上がった。そして、

「近々、また飲もうぜ。酔いつぶれて、終電逃したっていいんだぜ。俺がきみんちまでタクシーで送ってやるからさ」と女の子を口説くみたいなことを言って、じゃあな、と威勢よく藤井さんは電話を切った。

クロエ。優喜くんが言ったんだ。

電話の相手に、「クロエ」って何度か言った。それを耳にしたら、なんだか、僕、嬉しくなっちゃって、それまでソファの上で眠っていたんだけど、たちまち眠気なんか吹き飛んで、優喜くんのほうへ近づいていったんだ。

なんの話？　って思ったからね。

聞き耳を立てようと。彼のそばに、きちんとお坐りをして。

そしたら、電話を切ったあとで、

「なんだよ、おまえ？」優喜くんは僕の頭を片手でくしゃくしゃって撫でて、

「散歩にでも行くか」って言った。

よし、来た。そう来なくっちゃね！　僕はますます嬉しくなった。だから、思いきり盛大に尻尾を振って、喜びを表現したよ。

昼の散歩もいいけれど、夜の散歩も大好きなんだ、僕。

街灯の明かりに照らし出された舗道は、昼より温度が低い。夏のあいだは、断然、夜のほうが歩きやすいね。一歩踏み出すたびに、ふわっとした温もりを感じる。ゆっくり、のんびり歩こうって気持ちになれる。

見上げれば、頭上には藍色の空が広がっていて、ちっちゃな星が瞬いている。今夜の月は満月じゃないけど、かなり、まあるい。クロエの目みたいだ。そう。彼女の目は、お月さまに似てるんだよ。僕、あの黒猫に会うたびに、そう思っていたんだ。黄色くて、不思議な輝きを放っていて。

クロエ。今頃、どこにいて、なにをしているかな？

僕、一日のうちで何度か、あの猫のことを思い出して考えたりするんだ。すると、なんとなく幸せな気持ちになる。だって、彼女はきれいな毛並と瞳を持っているし、ちいさなからだは無駄なく優雅にすばしこく動くし、すらっと長くてしなやかな尻尾も素敵だし、虹色の絹糸みたいな声で鳴くし、右の前肢の先っちょだけが白いのも可愛いし、なんたって、僕に親切にしてくれるし——あんな猫、ほかにいないだろ？

会うたびに、いつも、あの白い前肢で、僕の顔や胸をちょいって軽く叩くんだ。すこぶる機嫌のいい感じでね。悪戯っ子みたいな表情を、あの満月にはすこし欠ける、月の瞳に浮かべて、さ。

「クロエ」って、さっき優喜くんが電話の相手に言ったのは、やっぱり彼もあの黒猫のことが気になっているからなのかなあ？　クロエと僕が仲良しだって話してたようだけど、もしかしたら、優喜くんもクロエに魅了されちゃってる、なんてことない？　ときどき、独り言をつぶやくときにも、「クロエ」って言うことがあるんだよ。

「CDがあったんだよなあ。クロエって曲がねえ」とかなんとか。

で、引越してきたとき運びこんだ段ボール箱の中を、がちゃがちゃかき回して、一生懸命になっちゃってさ。

僕、正直なところ、だれかが「クロエ」って言っただけで――つまり、彼女の名前を耳にしただけで、なんだかもう俄然、嬉しくなっちゃうんだけど、優喜くんもクロエに対して、僕と同じような思いを抱いているんだとしたら、ちょっと複雑な気持ちになっちゃうなあ。

まあ、僕、彼には負けないけど。

でもね、クロエに会いたいためかどうか知らないけど、ここ一ヶ月ほど、優喜くん、僕を連れてカフェ・ルーティーンに足繁く通うようになったんだよ。それは、ほんとよかったな。もちろん、いつもクロエに会えるとは限らないんだけどね。

優喜くんはカウンター席に坐って、ダブルエスプレッソをオーダーする。クロエが来ているときには、彼女を膝に抱き上げることもある——もちろん、僕の胸はちりっと焼け焦げるけど、クロエの姿を見ることができるのは嬉しい——そして、優喜くんは、カウンター席に坐ってカプチーノを飲んでいる栞ちゃんと二言、三言、言葉を交わしたりもするんだ。

栞ちゃんって、なんていうのかな、ひっそりとした存在感の子だよ。曜子ちゃんとよくおしゃべりして、笑顔も明るいんだけど、いくらしゃべっても、笑っても、彼女の中の静けさに音が吸いこまれていくような。

日登美ちゃん。ねえ。世の中には、いろんな女の子がいるね。

クロエの名前を聞くと嬉しくなるって言ったけど、僕、そんなの日登美ちゃんのほかには、クロエだけって意味なんだ。日登美ちゃん——僕は毎日、何度もその名前を胸の中で繰り返して、今は会えなくても、いつか会えるって思うことにしている。

この公園通りも、日登美ちゃんと一緒に歩いた。はじめて、ここを散歩したときは、僕はまだほんの子犬だった。ちっちゃくて、転がるみたいにして走った。日登美ちゃんは僕を見て声を上げて笑った。

つい昨日のことのような気がするよ。

公園の入口まで来たところで、優喜くんは立ち止まって、ちらっと僕を見下ろした。いつものように、「おい。ジュディ。どっちにする？　公園に行くか、それとも、カフェ・ルーティーンに行くか」そう訊ねてくれるのかと思ったけれど――なにも言わずに、また歩き出した。公園のほうへ。

僕も、だから、優喜くんの気持ちに寄り添って歩いたよ。

そのとき、やっと、僕、あれ？　って思ったんだ。彼、なんだか、悲しそうに見えた。黙って前を向いて、ゆっくり歩いて、普段となにがどう違うってこともないんだけど、そっか、このひと、悲しいんだ――

そのことが、ふいに僕にはわかった。

うまく気持ちを逸らすことができるなら、もちろん、そうするんだろうけど、いよいよ、悲しいってことがごまかせなくなって、優喜くんは泣くこともできず、今じっと耐えている。やり過ごそうとしている。余計なことを考えまいとして、自分の足音に耳をすましている、きっと。

悲しいね。僕は言いたかった。

なにが悲しいのか、わからないけれど。

わかるよ、悲しいよね。

伝えられるものなら、そう伝えたかった。

夏の盛りの木々。夜の。

星空に向かってぐいっと無数の枝を伸ばしている。鬱蒼と茂った葉は限りなく豊かで、闇の中にあって、いっそう濃い匂いを漂わせているようだ――そう。まぶしい陽の光のもとでより、ずっと。

公園の中、街灯があちらこちらに点(とも)ってはいるものの、木々の葉はもっと空に近い。人工的な青白い明かりの届かない夜空の高みで、枝や葉が影絵のようにくっきりとした輪郭(りんかく)を浮かび上がらせ、ときおり風に揺れている。さわさわ、さわさわ、やわらかな音を立てて。

ふくよかな匂いがするなあ。

胸いっぱいに夜気を吸いこみながら、栞は自転車のペダルを漕(こ)いでいる。ここしばらくは熱帯夜が続いているけれど、この公園に入ると、すこし、空気がひやっとして感じられる。実際に気温が低いのかどうかはわからないが、おそらく、樹木の、緑の、その気配のせいだ。

さすがに、毎晩というわけにはいかないけれど、よほど疲れていなければ——そして、雨が降っていなければ、栞は会社から帰ったあと、自転車に乗って、この公園のサイクリングロードを何周か走ることにしている。一周が、おそらく二キロほど。三周も走れば、気持ちよく汗ばむ。五周走ったら、充分なエクササイズをしたという満足感が得られる。びゅんびゅん飛ばすことなく、ごく当たり前のペースで栞はペダルを漕ぐが、彼女を追い越していくのはサイクリング用の、からだにぴったり張り付くウェアを身につけ、ヘルメットをかぶり、前のめりにロードレーサーに乗っている、かなり本気っぽい男たちだ。ほかにも、ジョギングロードで走ったり歩いたりしている人々がたくさんいる。それぞれのペースで。黙々と。

それから、もちろん、犬の散歩をしているひとたちも。

健やかな空気が、この公園には満ちている。朝はやくから夜更けまで。いや、それどころか、おそらく、二十四時間。いつだったたか、栞は夜中の三時くらいに、ここへ自転車で来てみたら、ひとりで走っている女性ランナーを何人か見かけた。痴漢に襲われる、なんて心配のない場所なのだろう。もし痴漢が出たら、「助けて！」と叫べば、あちこちから、わらわらと筋肉自慢の屈強なひとたちが駆けつけて、あっという間に、わるいやつを退治してくれそうな安心感もある。

暗がりのベンチで互いのからだに触れ合い、ふたりだけの言葉を囁き合う恋人たちの姿がほとんど見られないのも、この公園の特徴で——とはいえ、もちろん、恋する者たちがここで時間を過ごしていないというわけではなく、彼らは仲良くランニングをしているかウォーキングをしているか、とにかく、からだを鍛えているのだ。

その話を会社でしたら、「ちょっと、それ、汗くさくない?」と上司の女性は半ば呆れ顔で笑っていたけれど、前向きで健康で汗くさくてなにがいけないの? と栞は思っている。ついでに、この公園の、犬くさい感じも気に入っている。彼女自身は犬と暮らしたことは一度もないものの、彼らの素直で健気な佇まいには、いつだって心を揺さぶられる。

いいなあ、犬。憧れているといってもいいかもしれない。

どこでパーマをかけてきたの? と訊ねたくなるような、くるくる巻き毛の犬や、羊にそっくりな大きな犬や、ぜんまい仕掛けの縫いぐるみの子熊みたいな犬や、手足がすらりと長い敏捷そうな黒い犬や、くしゃくしゃに皺っぽい顔をした犬や。この世界には、なんてまあ、いろんな種類の犬がいるんだろう。公園へ来るたび、栞は目を奪われてしまう。

　自転車ですいすい走りつつ——植物を見て、ひとを見て、犬を見て、頭をからっぽにする。可能な限り、心もからっぽにする。それは、うまくいけば、子どもの頃、空き缶を青空に向かって、すかん！　と思いきり蹴飛ばしたときの、どこまでも飛んでいけ！　あの爽快感(そうかい)に似ている。

　栞の自転車は、夏のボーナスで買ったばかりの、あたらしいもので、初心者でも無理なく乗れるクロスバイクだ。アルミ製だから軽い。公園を何周も走っていると、脳内物質が出るのだろうか、どこまでも——どこまでも進んでいけそうな気分になる。サイクリング・ハイ。

　いい買い物だった、と栞は思う。正直なところ、今年の夏のボーナスは拍子抜けするくらい少額で、がっかりしなかったといったら嘘になる。たとえば、ゆっくりと休暇を取って旅行に出かけるには充分な額ではなく、けれども、だからこそ、この自転車を買うことにしたのだった。そして、それでよかった、思いがけず、日々の楽しみができた。

　それに——収入について、すこしばかり不満があったとしても、栞は、やはり自分は仕事に恵まれている、と思うのだ。勤め先は企業としての規模はちいさいが、働き甲斐がある。木や紙や布といった天然素材を使った玩具(おもちゃ)を製造販売する会社だ。木製のままごとセットや、染色から手がけた布を使った着せ替え人形や、伝統的な和凧ということにこだわらず、現代風のデザインで、しかも和紙を使った凧や、デザインに凝った独楽や、一枚一枚に色鮮やかなイラストが施された、あたらしい趣向のカードゲームや、またはゲームボードや。

社員ひとりひとりの発想が、面白ければ、すぐに商品に反映される。最初は奇天烈で実現不可能に思えたアイディアが、デザイナーや専門の職人たちの力を借りて、具体的なかたちになっていく過程を目にするのも、心ときめくことだ。わくわくする。

だから、こんなふうに自転車に乗りながら、栞はからっぽになりつつ、からっぽになったあとで、ふいに、なにか素敵なアイディアが空から舞い降りてくるのを待っているのだ――すかん！　蹴飛ばした空き缶が、弧を描いて伸びやかに宙を舞い、やがて、重力には逆らえずに落ちてくるのを、うまく両手でキャッチしようとするみたいに。

そして、この夜、サイクリングロードを三周か四周して、車輪がすうっとアスファルトから離れて、暗がりでだれにも気づかれずにほんの数センチほど浮き上がりそう――そんな心地を味わっているさなかに、あれ？　視野の隅っこを、見知った姿が掠めたような気がした。

ん？　と思ってスピードを落とし、もしかしたら、と、とっさにブレーキをかけて、たった今、通り過ぎた場所を振り返ったら、街灯に薄ぼんやりと照らし出されたベンチの上に、のうのうと寝そべっている大きな犬。

まずは犬の姿が目に飛びこんできて――それから、犬にスペースのほとんどを取られて、ベンチの端っこに、かなり居心地わるそうに、しょんぼりと腰かけている男のひとの姿に思わず笑みを誘われた。

彼だ。デューク・エリントンじゃないの！

Uターンして、声をかけた。

「こんばんは」

彼は驚いたらしく、びくっと肩を震わせ、頬杖をついていた顔を上げ、栞だとわかると、慌ててちょこっと頭を下げ、

「ああ。どうも。こんばんは」と言った。

犬はからだを起こして、耳を揺らした。

ぱたっ、ぱたぱたっ、と。

栞がこのコンビ、優喜とジュディに、カフェ・ルーティーン以外の場所で会うのは、はじめてのことだ――そういえば、以前、カフェのカウンターに隣り合わせて、すこし会話を交わしたときには、「住んでいるところ、近いんでしょう？」「うん。公園ではお互いに

気がつかないだけで、実は擦れ違ったりしているのかもしれないですね」なんてことを言い合ったのだけれど。

「ついに会っちゃいましたね」栞が冗談めかした調子で言うと、

「そうですね」優喜はうなずいたあとで、数秒の後に、

「やっと会えた」まるで運命の恋人に囁くみたいな科白を、おそろしく無造作でありながら、それでいて、掛け値なしに優しい声で言った。

おどろいた、と栞は心の中でつぶやいた。

このひと、なんだろう。

なにも考えずに、女に対するひとなの？

もちろん、栞の目の前にいるひとは、女たらしの陳腐な口説き文句として、それを言ったわけではなさそうだった。まるっきり、違う。

たぶん、ただ口をついて出た言葉なのだ。そして、口から出た言葉が耳に届いたときの、その響き具合や効果なんて、まったく知ったことではないようすで、人懐こい笑みを浮かべて栞を見つめている。

「ふうん」栞が声を洩らすと、彼は微妙な具合に癖のついた、ぼさぼさの髪に手をやった。

「よかったら、坐る？」と言って、それから、

「ジュディ、おまえ、場所空けろよ」犬のからだを押すようにした。

栞は自転車をベンチの脇に停め、

「ありがとう」彼と犬のあいだに腰を下ろした。

すこしだけ、胸の奥が、さわさわ、するような気がした。

さわさわ。風が吹いて、やわらかな葉が揺れる。

「お散歩だったの？」

「ええ。まあ。こいつ散歩が好きみたいで」

「そりゃあ、犬だものね、散歩は好きよね」

犬は尻尾を揺らしている。栞は飴色の背中を撫でた。

「自転車、乗るんですね」と彼が言った。

「そうなの。広瀬さんは？」

「僕も好きだけど、ここに引越してくるちょい前に、愛車、盗まれちゃって」

「愛車？　自転車のこと？」

「そう」

「高いやつだったの？」

「わりかし」

「それ、ショックよね」

「いや、もう、めちゃくちゃ。この公園、自転車で走るの、本気で楽しみにしてたから」

なんだ、残念。一緒にサイクリングができたらいいのに——ふと、栞の胸に、そんな思いが湧きあがってきて、言おうか、どうしようか。

さわさわ。風が吹く。葉が揺れる。

けれども、その揺らぐ気持ちは長くは続かなかった。栞の、足や腕のあちこちが、痒くてたまらなくなったのだ。蚊だ、蚊がいるんだ、と思った。たちまち刺された。くそっ。荒々しく胸のうちでつぶやいた。掻きむしりたいけれど、行儀がわるいだろうか。もう、あと一分だって、ここに坐っていたくない、と思ったが、のんびりとした口調で彼は言う。

「あの猫は？　今日は一緒じゃないんですね」

「そりゃそうよ。彼女は自転車に乗れないもの」

あくまでも蚊のせいだったのだけれど、つい苛立たしげな声で答えたら、彼は怪訝そうに栞の顔を覗きこんだあとで、ぽつっと言った。

「僕、ここんとこ、ずっと探してたんですよ、クロエを」

「え？」なんのこと？

「クロエなら、家にいるけど。あの子は、ひとりでは外には出さないことにしているの。だって、危ないでしょ？」

するど、彼はくすっと笑った。

「そうじゃなくて。ごめん、僕が言ってるのは、あの猫のことじゃなくて、音楽のこと」

そして、ちょっと声を弾ませてさらに言った。

「栞さんはデューク・エリントンが好きなの？　めずらしいよね、若いのに。ていうか、もちろん、僕だってそうだけど」

うわ。また刺されたみたい、と栞は思った。ああ。もう限界。

身震いしたいのを堪えつつ、ぐんと立ち上がって、答えた。

「広瀬さん、わるいけど、私、デューク・エリントンなんて聴いたことないの。一度も、たぶん、一度も」

しんと静か。あたしは、ひとりぼっち。
部屋の中は床にじかに置いたちっちゃなライトの、白熱灯のほわっとした明かりに照らされて、やわらかな空気が漂っている感じ。
夜って好き。あたしは、ほら、夜行性の動物だから。
昼のあいだは、なんとなく、だるいの。休日以外は、栞ちゃんは朝から会社に行っちゃうし、あたしは自由に外出できるわけじゃないし、勝手にＣＤを聴いたり、ＴＶやＤＶＤを観たりもできないし。だから、眠っていることが多いかなあ？　眠っているあいだに、あたしたち猫は、あっちの世界でたくさんの冒険をするの。とってもスリリング。夢？　そうね、夢って言い方もできるけど、人間が思うところの夢とはちょっと違う気がする。感受性の問題なのかしら、猫にとっては、あっちの世界も、こっちの世界に劣らず、とてもリアルだから。そういう意味では、あたしたち猫は、こっちの世界、あっちの世界、両方で生きているの。ねえ、わかる？

まあ、それはともかくとして——

栞ちゃん、今日は七時過ぎに一度帰ってきて、「ただいま、クロエ。おりこうにしてた？　いい一日だった？」なんて言いながら、外出着からジーンズとTシャツに着替えて、作り置きの肉じゃがを温め、サラダをちゃちゃちゃちゃっと作って、夕食を済ませて、「行ってきます、クロエ。すぐに戻るからね」って、また出かけちゃった。

どこへ？　デートだったらいいんだけどね、そうじゃないんだなあ。あたし、知ってるの。彼女、公園へ自転車に乗りにいったの。ぴかぴかの、あたらしいクロスバイクを買ったのが嬉しくて、ここんとこ毎日、三十分から一時間くらい、公園で過ごすのよ、彼女。

楽しいみたいよ、本人は。

でも、あたしとしては、ちょっと不満。

若い女の子が、たぶん彼女はもうすぐ三十一歳になるはずだけど——たまには——ううん、たまにじゃなくて、しょっちゅうでもいいの——男の子を、部屋に連れてこなくて、どうするの？　って思うのよ。

すっごく率直に言うとね、あたしが栞ちゃんと一緒に暮らすようになって、ここに男の子が来たことって一度もないの。一度もよ。

オーディオセットの不具合を修理しに来たおじさん、冷蔵庫を買い換えたとき、それを運んできた青年ふたり、そんなもんかな、この部屋の中で、あたしが目にした男っていったら。

どうよ、それ？　つまんないでしょ？

だって、二年。そのくらいよ、子猫だったあたしが栞ちゃんに拾われて、ここに住むようになって、そう、そろそろ二年になると思う。

もちろん、よそでデートしているんなら、それはそれでいいんだけどね、そんな気配もないんだなあ。ちょっと合コンに参加してみた、とか。学生時代の男友達と久しぶりにごはんを食べにいった、とか。そんな話は、彼女が電話でだれかにしゃべっているのを聞いたことはあるけど、それが恋に発展するってこともないみたい。

なんで？　どうなっちゃってるわけ？

あ。そうだ、思い出した、もうひとり、このワンルームマンションの敷居を跨いだ男がいた。栞ちゃんの田舎のお父さんよ。いつだったかな？　一度、遊びに来て、「へえ。この子が、おまえの言っていた野良猫か」って、あたしのこと抱き上げたっけ。野良猫？なにそれ？　その言い方、失礼じゃないの。あたしはすこしむかっときたけど、相手が栞ちゃんのお父さんだと思えば、怒るわけにもいかないから、黙って抱っこされていたら、

「黒いな。真っ黒だな。この猫、愛想がないじゃないか」だって。なんなの、このおとっつぁんって、あたし、呆れたわ。でも、優しいひとだってことはわかった。口はわるいけど、あたしのこと、大事そうに撫でてくれたのよ。

でね、栞ちゃんに、「おまえ、いいひといないのか。結婚とか考えていないのか」って、お茶を飲みながら言ってたなあ。あたし、お父さんの脇にちょこんと坐って、なんだか、しんみりしちゃった。お父さん、栞ちゃんのこと、とっても心配しているみたいだったから。

結婚。結婚ねえ。そのことについては、あたしはよくわかんないけど、栞ちゃんの場合、それよりまず先に、恋愛よね。考えてみたら、あたし、男のひとに抱っこされたのって、栞ちゃんのお父さんと、もうひとりだけよ。広瀬くん。うふ。広瀬くん。もちろん、彼の膝の上にのせてもらったのは嬉しかったけど――

今、あたしが言いたいのは、べつのこと。歳頃の女の子と生活を共にしている猫がですよ、抱っこしてもらったのは、お父さんと、もうひとりだけ。そのもうひとりは、あたし自身が頭を使って実力行使で膝にのせてもらうに至ったわけで、彼女の恋人でもなんでもないっていうのは、問題あり、でしょう？　情けなくない？

はあ。溜息が出ちゃう。

やんなっちゃう。とりあえず、水でも飲もう。かりかりのキャットフードもすこし食べて——なんか、退屈だなあ。しようがない、爪(つめ)でも研(と)ぐか。

栞ちゃんが買ってきてくれた爪研ぎ用のボードがあるから、必要なときにはそれを使うの。爪が伸びたときだけじゃなく、ちょっとむかっときたときとか、なにかに不満なときとか、淋しいときとか。いろいろね。

爪研ぎ用のボードじゃないものを、ついうっかり引っ掻くと、怒られちゃう。たとえば——あのソファ。そうだ、栞ちゃんが留守だから、あそこに坐っちゃおう。えいっ。ああ、この布の感触、好きなんだよなあ。織りがざっくりしていて、気持ちいい。匂いもいい。

だけど、栞ちゃんは、あたしがここに坐るのを嫌がるの。今でも忘れられないのはね、あたしがまだ子猫で、このおうちで暮らしはじめたばかりの頃、なんの気なしにこのソファに坐ったら、ものすごい剣幕で怒られちゃったってことなの。「こらあっ！　だめっ。ぜったいに、だめっ。わるい猫」って、栞ちゃんらしくもない野太い大きな声を出して。びっくりした。叩(たた)かれるかと思った。もちろん、そこまではされなかったけどね。うーん。ほんとのことを言うと、あたし、ソファに坐っただけじゃなくて、この上で爪研ぎをしようとして、それで彼女の逆鱗(げきりん)に触れちゃったんだけど——でも、そんなに怒らなくても、ねえ？

もしかしたら、なにか思い出があったりするのかな、このソファに。それで、ちょっと宝物って感じなのかな。あくまでも、あたしの想像だけど——男のひとに関係あること？『日々の泡』みたいなこと？

恋だったの？　だとしたら、あたしが栞ちゃんと出会う前のこと。

前にも言ったでしょ？　栞ちゃんの愛読書は『日々の泡』ってタイトルのフランスの恋愛小説で、あたしの名前は、その作品のヒロインと同じなんだって。栞ちゃん、その本をしょっちゅう手に取るから、もう表紙なんて、ぼろぼろになっちゃってるの。

ほら、今も、このソファの隅っこにページを開いたまま、置いてある。ここ、ここ、このあたりが栞ちゃんのお気に入りのセンテンスなの。あたし、何度も朗読してもらったことがあるわ。


コランは銀のナイフを取り、ケーキのつるつるした白い表面に、渦巻の線を入れていった。と、突然に、彼は手を止め、驚いて自分の仕事を見つめた。

「ぼくは何ごとかをやってみようとしてるんだ」と彼は言って、テーブルの花束からヒイラギの葉を一枚とると、片手でケーキをつかんだ。指尖でケーキを迅速に回転させせながら、一方の手で、ヒイラギの葉先を渦巻の線に乗せた。

「聴いてごらん!……」

シックは耳をすました。デューク・エリントン編曲の『クロエ』だった。

ね? ね? 素敵じゃない? コランっていう、この小説の主人公の男の子は、真っ白なケーキをレコードに見立てて、ヒイラギの葉をレコード針の代わりに使って、デューク・エリントンを聴こうとしているの。親友のシックっていう男の子と一緒にね。クロエって曲よ。あたしは猫であると同時に、音楽なの。ねえ。あたしのメロディが、聴こえる?

4

雨が降っている。音がする。

庭の草木を濡らす、恵みの音。

トタン屋根を叩く、たたん、とん、という音。

何日ぶりだろう、と優喜は思う。ここしばらくずっと、晴れ、晴れ、晴れ。毎日、頭上には、すかんとした色合いの、鮮やか過ぎるくらいの青空が広がっていた。このまま永遠に夏は終わらないんじゃないか。そんなふうに感じる日もあったけれど、この雨がいよいよ名残(なごり)の暑さを洗い流すのかもしれない。なんたって、もう九月も末に近いのだ。

トーストを焼いて、さくさく、かじる。

さくさく。秋の音に聞こえる。

静かでいいなあ。優喜は、前の日は朝から晩まで働きづめで――二件の引越を、ほとんど休憩時間もなく、掛け持ちでこなしたのだ――帰宅するなり、ばたんきゅう。十時間ほどたっぷり眠ったものの、まだ疲労が残っている気がする。そんなときに、雨の音はいい。からだが潤う。

飴色の犬もソファの上に寝そべって、じっと目を閉じている。眠っているのか。季節の移ろいに耳をすましているようにも見える。

咳をしても一人。学生時代に、教科書かなにかで読んだ俳句を、優喜はふと思い出して、ごほっ。重々しく空咳をしてみたら、犬がひらべったい耳をぱたっと動かした。ひとりじゃないのだ、犬がいる。雨がやんだら――やまなくとも、小降りになったら、散歩に連れていってあげよう。

平和だ、平穏だ、優喜はこの日はそのことを心ゆくまで楽しむつもりだった。ところが、ジュディを伴っての散歩から帰って、三時を過ぎた頃だったろうか、テーブルの上の電話が鳴った。

「あ。ども。広瀬くん?」男にしては、やや高めの細い声。イラストレーターの立川くんだった。

「ちょっと話しても平気?　今、どこ?　なにしてんの?」と畳み掛けるように問う。

「家。なにってこともないけど、咳したり」

「咳？　風邪ひいたの？」

でも、優喜の返事を待つこともなく、朗らかな調子で立川くんが言うには——目黒通りの名画座でアイスもなかを食べながらフランソワ・オゾンを観ていたら、いやあ、おそろしいことに斜め後ろの座席に坐っていたのが、だれだと思う？　藤井さんでね、おまえ、いい歳してアイスもなかとか食ってんじゃねえよ！　って、上映が終わったあと、いきなり背後から頭を叩かれちゃって、びっくりしたよ、で、近場のカフェでビールを飲んでいたんだけど、そういえば、ここから広瀬くんの新居はわりかし近いんじゃないの？　タクシーに乗れば、すぐだよ、たいして料金もかかんないよって話になって、引越祝いもまだしていないから、広瀬くんさえよかったら、これから伺っちゃおうかなあ、なんて。

「え？　これから？」優喜はいささか驚いたものの、おそらく、立川くんから電話を引ったくったのだろう、いきなり藤井さんの声が響いて、

「いいだろ？　どうせ暇なんだろ？　広瀬くん。行くよ、わるいね、遠慮するなよ。アルコールと食べ物は調達していくからさ、おもてなしの心遣いは無用だよ。立川くんと映画館でばったり会ったのも、なにかの縁。こんな偶然、めったにないだろ？　いや、この世に偶然なんてないんだよ。すべてが必然なんだ。てなわけで、せっかくだから、この勢い

でタクシー拾って、公園通りへ行くよ。住所は知ってるから心配しなくていい。道に迷ったら、また電話する。じゃあなっ！」

と、唐突に、一方的な会話は終わった。

藤井さんは気まぐれだからなあ、ほんとに来るのかな？　優喜は半信半疑だったのだが、一時間半ほど経ってから、ふたりは、ほんとうにやってきた。藤井さんと立川くん。それぞれ両手に、店名が緑のロゴで入った茶色の紙袋を提げて。肩に雨傘を背負うようにして。

「おいおい、予想以上に、いい感じの家じゃないの」と藤井さん。

「一軒家とは聞いてたけどさ、家賃激安っていうから、もっといわくありげなボロ家なのかと思ってた。いいじゃん、素敵なおうちだよ」と立川くん。それから、

「ほら、いろいろ買ってきたよ」と紙袋を差し出して、

「キッチン、見せてよ。僕、料理するよ」と言った。

こうして、夕暮れというにはまだ明るい時刻から、野郎ばかりの引越祝いのパーティーが開かれることになったのだった。

ふたりは家に上がるなり、優喜が案内するまでもなく、廊下を直進してリビングルームへ行き、きょろきょろと見回して、

「へえ。広いじゃん」

「窓が大きくて明るいね」

さっそく藤井さんは床にどすっと腰を下ろして、あちこちに積み重ねられているCDを物色しはじめ、立川くんは軽いフットワークで食料、飲み物をキッチンへ運んだ。

買い物は、優喜がめったに行くことのない、ちょっと高級なスーパーマーケットで済ませたらしく、紙袋の中には、さまざまな種類のチーズや生ハム、ソーセージ、スモークサーモン、レーズンバターや生クリーム、黒オリーブやアンチョビやケイパー、色とりどりのパプリカやロメインレタス、ブロッコリ、エリンギ、マッシュルーム、じゃがいも、玉葱、牛肉、浅蜊（あさり）、スパゲティ、トマト缶、ビール、ワイン、テキーラ……

立川くんが、まるで手品でもやるように、次から次へと取り出した。

「へえ。ゴージャスだなあ」優喜がつぶやくと、

「うん。藤井さんの奢（おご）りだよ」

「で、立川くんが腕を振るってくれるわけ？」

「そ。引越祝いだからね。主賓は、広瀬くん、きみだよ。今日は、ふんぞり返って、もてなされてていいよ」

リビングルームからは音楽が聞こえてきて――セロニアス・モンクの「ファイブ・バ

イ・モンク・バイ・ファイブ」だった――機嫌のいい顔で藤井さんがキッチンへやってきて、まずはビールで乾杯、ということになった。

プルトップに指先を引っかけ、ぷしゅ。泡が噴き出す。グラスに注ぐこともせず、乾杯っ！　缶をぶつけ合って、勢いよく飲んだ。

「いいねえ。雨の日の、昼酒」と藤井さん。

「ほんと、雨の音が心地いいですね」と立川くん。

飲みながら、立川くんは流しの下の戸棚や、引出しの中を覗き、調理器具や調味料をチェックして、冷蔵庫の扉も開け、思慮深そうにうなずいていたけれど、やがて包丁片手に野菜を刻みはじめた。

優喜は、これまでにも何度か、立川くんに手料理をごちそうしてもらったことがある。小学校の高学年の頃から趣味で台所に立っていたという彼は、そんじょそこらの主婦よりよほど腕はたしかだ。和食、洋食、中華、エスニック――なんでもござれ、で、ちょっとしたお菓子も作る。

「ふふん、ふんふん」鼻歌混じりだ。

一方、藤井さんはモンクのピアノの調べに合わせて、調子よくからだを揺すりながら、あっという間に一缶目のビールを空け、もう一缶手にして、

「おうち拝見するよ」と廊下へ出ていった。

「散らかってますけど」優喜もあとをついていく。

洗面所と風呂場を見て、それから、二階へ。とんとん、とん、軽やかに階段を上がって、藤井さんはまずは一番手前のドアの前で立ち止まった。拳を握って、ここん、ノックする。わざとらしさが感じられない、ごく自然な仕草だった。部屋の中には、だれもいないとわかっているのに――そして、彼は傍若無人に振舞うことを旨としているはずなのに。実は礼儀正しくて、神経が細かいひとなのだ。

「ここ、僕のベッドルームです」

南向きの大きな窓がある。それから、ダブルベッド。起きぬけのままだから、羽根布団はもみくちゃ。縞柄のパジャマも乱雑に脱ぎ捨てられてある。それから、床の上には、前日履いていた靴下。

「ほう?　ダブルベッドなの」藤井さんは顎をしゃくって笑い、

「いいじゃないの、広瀬くん」と言ったが、残念ながら、優喜はこの家に女の子を連れこんだことはない。

そのあと、向かい側の部屋――ここは、おそらくゲストルームだったのだろう、ビジネスホテルみたいにシンプルな机と椅子、シングルベッドが置いてある――と、二階にも

設えられたトイレを覗き、最後に廊下の突き当たりのドアを開けた。そして、藤井さんは、次の瞬間には全身を硬直させ、

「ひゃあああっ」裏返った甲高い声を上げて、後ろに倒れそうになった。

そうだよ。僕、わざとやったんだ。
びっくりさせて、パーティーを盛り上げるため？　まあ、そういう好意的な解釈もできなくはないよね。実際、優喜くんの友達──藤井さんというの？　背はさほど高くないんだけど、肩や腕はがっしりしていて、烏龍茶みたいな色に陽灼けしているひと──は、はじめはひどく面食らったようすだったけど、あとになったら、
「ご愛嬌だよなあ。なんだよ、こいつ」って、僕の登場の仕方について、うん、うん、上出来だった、とっても楽しんだよ、って顔をしてくれたんだから。びびって、ついうっかり、かっこわるいところを見せちゃったことについての照れ隠しであるにせよ、ね？　皆

でリビングルームで、ごちそうを囲んで、和気藹々とワインを飲んでいるときだよ。

「ドアを開けた途端に、こいつ、物陰からひょいっと現れて、俺に飛びついてきたんだぜ。一瞬、毛布が覆いかぶさってきたのかと思った。犬がいるって、そういえば、広瀬くんから聞いてたけど、すっかり忘れてたからさ、たまげたね。不意打ちだったよ」

そう。不意打ち。それを狙ったんだ、僕。

おどかしてやろうと思って。だって、あそこは日登美ちゃんの部屋なんだよ。迂闊に見ず知らずのひとに踏みこまれたりしたくないじゃないの。だから、あらかじめ、あの部屋に隠れていて、覗こうとするやつがいたら、僕、身を擲って抗う気満々だったんだ。なんたって、僕は日登美ちゃんを守るために、この世に存在しているわけだから。

うん。彼女が身近にいないときも、だよ。

僕らの絆は決して切れない。

それにしても、藤井さんが妙ちきりんな声を出して、腰を抜かしそうになっちゃったのは、傑作だったな。さすが優喜くんの友達だね、いいやつだよ。怒ったり根に持ったりせずに、ワインをぐいぐい飲みながら、あははは、あはあは、屈託なく笑って、

「でかいな、こいつ。いい犬だな」そう言いながら、僕の頭をごしごし撫でている。「なんだっけ、クロエっていうんだっけ、こいつ？」

「違いますよ、それは黒猫の名前。彼はジュディです」そう優喜くんが答えると、

「ジュディ？　じゃあ、彼は女の子なの？」と矛盾に満ちたことを言ったのは、もうひとりの友達で――立川くん、と呼ばれている。とうもろこしのひげみたいな、色の薄いぱさぱさの髪を後ろで結んで、ちっちゃいターコイズのピアスをして、細いきれいな指のひと。右手の中指には幾何学模様のタトゥーも入っている。外見が、すこし女の子っぽいから、僕のほうこそ、「彼は女の子なの？」と言いたい感じ――訝(いぶか)しげな表情を浮かべて、僕のほうをじっと見た。

「いや、こいつは男」変てこな会話なんだけど、当たり前みたいな顔をして優喜くんは言った。

「でも、ジュディって女の子の名前じゃないの？」

「そうなんだけどさ、ジュディ・ガーランドから名前をもらったんだって。もともとの飼い主が、ほら、あれ、オズの魔法使いのファンらしい」

「へえ。オズの魔法使い、かあ。懐かしいね。小学生のとき、ＴＶの洋画劇場で観たなあ。もちろん、美大時代にも、ＤＶＤで観直したけどさ」

　すると、藤井さんがめろっとした声を出して、

「ああ。ドロシー。可愛かったよなあ、俺のドロシー」と言った。

僕、思わず、朗らかに吠えちゃったよ。賛同の気持ちをこめて、ね。

そしたら、僕、皆、僕のほうを見た。

だから、僕、口角をきゅっと上げてみせた。できることなら、ウインクだってしたいくらいだった。このひとたち、知ってるんだ、オズの魔法使い、を。そう思ったら、もう俄然、嬉しかったんだもの。

ドロシー。おお、ドロシー。

日登美ちゃんも、彼女のパパもママも、あの一家は、とにかく、オズの魔法使い、が大好きだった。僕も何度も一緒にDVDで観た。ドロシーっていう女の子の役を、ジュディ・ガーランドが演じているんだけどね、まだほんの少女なのに、すごいんだ、歌も踊りも上手で。

僕は、彼女から名前をもらったのに――

歌って踊れる犬じゃないのが、ほんと残念だよ。

「輝かしいMGM映画の、鳴り物入りスター。だけどさ、あの元気いっぱいで可憐な少女が、太りやすい体質だからって、映画会社に勧められてダイエットのためにアンフェタミンだの、セコナルだのを常用して、薬物中毒になっちまったっていうのは、悲しい話だよなあ」

今度は、妙にしんみりした調子で、藤井さんが言って——え？　え？　なんの話？と思っていたら、

「まあ、そういう悲惨なエピソードも含めて、ジュディ・ガーランドはスターなわけだから」と立川くんが言った。

「アンディ・ウォーホルはさ、ジュディ・ガーランドの大ファンだったでしょ？　僕、ウォーホルの『ポッピズム』って日記風の著作を読んだことがあるんだけど、六〇年代、ニューヨーク界隈でよく開かれていた、どんちゃん騒ぎのパーティーに、あるときジュディも現れて、その頃もう彼女は心身共にぼろぼろになっていたから、飲んだくれて大口開けて笑って、その口の端っこにスパゲティをからみつかせたままオーヴァー・ザ・レインボウを歌いはじめたっていうエピソードが書かれてあってね、なんか痛ましくて印象的だったなあ。ウォーホルもびっくりしてるんだよね、ジュディ・ガーランドが目の前で、スパゲティを詰めこんだ口で、あの懐かしくて美しい名曲を歌ってるって」

ふと、その場に沈黙が訪れて、三人はそれぞれ肩をすくめたり、こそっと溜息をついたり、窓の外へ視線をやったりした。でも、すぐに気を取り直したらしく、グラスに残ったワインをぐっと飲み干して、

「芸の道はきびしいね。うん」と重々しく言ったのは藤井さんで、

「そういう結論になるの？」立川くんは眉をひそめて首を傾げた。

するとずっと黙りこんでいた優喜くんが、

「ウォーホルは冷徹な観察者だから」と発言して、

「僕、ウォーホルが好きっ！」唐突に、立川くんが身もだえした。

「ゲイなの、おまえ？」

「関係ないです、ゲイかどうかなんて。アーティストとして、僕はウォーホルが好きなんです」

藤井さんの問いかけに、立川くんはきっぱりと答えたけれど、

「ああ。ウォーホルがゲイだったのはよく知られた話だけど、ジュディ・ガーランドも実はバイセクシャルだったらしくてね、ゲイの人々に熱狂的に支持されてたんだよ。だけどさあ、芸の道も厳しいけど、ゲイの道も険しいんだろうねえ。しかと心してかからねば。ね？　立川くん」

この藤井さんの物言いに、立川くんも優喜くんも煙に巻かれたみたいな顔になった。でも、まあ、パーティーは大盛り上がりさ。

立川くんって、ほんと、料理が上手なんだ。フットワークも軽い。キッチンとリビングルームを行ったり来たりするのが、まったく苦にならないようすで立ち働く。テーブルの

上には、チーズやハム、オリーブの盛り合わせ、シーザーサラダや温野菜、ジャーマンポテト、きのこのソテー、さいころステーキ、オリーブ油で炒めたソーセージ、浅蜊のスパゲティ……どれもこれも、とびきり、いい匂いがするんだ。でも、もちろん、僕はもの欲しそうな顔なんて、ぜったいにしなかった。ほんとだよ。

ところが、藤井さんが、

「ジェントルマン、きみもひとつどうだ?」って言って、さいころステーキを一切れ、掌にのせて僕に差し出した。

しびれたよ。ジェントルマンって呼びかけにね。

だから、これまでは人間が食べているものをねだったり、もらったりするのは行儀がわるいって思っていたけれど、頑なな気持ちは捨てたんだ。紳士らしく、マナーを重んじて、藤井さんの好意を受けた。ぱくっ。大らかに、一口でね――そしたら、美味しいの、なんのって。

うわあ! って思った。上等な牛肉だったみたい。やわらかくて、脂がのっていて、口の中いっぱいに濃厚な肉汁の味が広がった。

「どうよ?」立川くんが訊いたから、最高だよ、って答えたつもりで、うぉん! と吠えた。尻尾も盛大に振ってみせた。そしたら、大きな皿にもっと料理を取り分けてくれてね、僕もすっかりパーティーに参加しちゃったってわけさ。さすがに、お酒は飲まなかったけれど。

いいもんだね、男同士の集まりっていうのも。

友達――ともだち。ちなみに、藤井さんと立川くんも、優喜くんと同じ穴のムジナ。えと、ムジナじゃなくて、アーティストなんだ。お酒をいっぱい飲んでCDを聴きながら、とっても熱っぽい感じで、小説だの絵だの映画だの写真だの音楽だの、あれこれ芸術の話をしていた。

言っとくけど、芸術だよ、ゲイ術じゃなくてね。

立川くんが、僕の耳をひらっと持ち上げて、囁いたんだ。

こういうの、つまんない駄洒落っていうんだって。

生成り(きなり)に紺色の水玉の傘は、日曜日にふらっと買い物に出かけ、遊歩道に並ぶ洋服屋や

雑貨店を覗いて歩いているとき見つけたもので、さほど高いものではなかったのに、造りがしっかりしていることも、色合いが微妙なことも、布の手触りがいいことも、栞はとても気に入っている。

はやく、あたらしい傘を使ってみたくて、雨が降るよう眠る前に念じていたら、雨乞いの祈りは意外にあっさりと——三日目の水曜日に叶えられた。目覚めたとき、空気の質感と部屋の薄暗さと、微かに聞こえてくる涼やかな音に、あ、と思って、

「やった。降った」栞はベッドの中でつぶやき、枕元で丸くなって眠っている黒猫の背中を撫でた。ぴくっと動いて、細い髭を震わせる。

温かい、毛むくじゃらの、かわいこちゃん。

「クロエ、おはよう」低血圧だから寝起きはだるくてたまらないのだけれど、その朝、栞はいつになくすんなり起きて、およそ四十分で洗顔、身支度、朝食——卵がけ玄米ごはんに納豆をのせたものとコーヒー牛乳——を済ませ、玄関で長靴を履きながら、

「クロエ、行ってきます」と、おそらくはまだベッドの上に寝そべっているのだろう猫に声をかけた。

でも、なんだか、それだけでは心残りだったから、

「帰ってくるから。かならず、帰ってくるから。いい子にしててね」

さらに声を張り上げ、言葉を重ね、まるでどこか遠くへ行く予定があって、ほんとうに帰ってこられるかどうか、わからないひとみたいな、すこしばかり覚束ない心持ちで、扉を後ろ手に閉めたのだった。

予感？　胸騒ぎ？　そうじゃないことは、わかっている。外出するときに、もう二度と、ここへは戻ってこられないんじゃないか、と、ほんのわずかにではあるけれど思ってしまうのは、この朝に限ったことではなく、たぶん、栞の心理的傾向——こころのかたむき、なのだ。

ゴム製の長靴は、雨に濡れて色濃くなったアスファルトの上で、一足ごとにやわらかな着地をする。水玉の傘も、やはり使い心地がいい。雨を受ける音がいい。とん、と布が水を弾いて、それこそ雨が水玉になって、傘のなだらかなカーブを滑り、栞の足元に落ちていく。

地下鉄の駅までは歩いて十分ほどで、電車に乗ってからは十三分で目的の駅に着く。それから、また歩いて十五分、勤務先の会社まで。

さほど広くない敷地いっぱいに建てられた、コンクリ打ちっぱなしのビルだ。窓枠がバレンシアオレンジ色という奇抜さで、街路を行くひとたちの目を引く。１Ｆは天然酵母のパン屋で、２Ｆは旅行代理店、３Ｆはアパレルの事務所、そして、４Ｆ、５Ｆが栞が働いている玩具製造販売の会社ルートピアのフロアだ。ビルの入口で、会社の同僚に会った。二つ歳下の花ちゃんだ。その名前にふさわしく、明るい色合いの花柄の傘を手にして、「おはようございます、栞さん」と元気に言った。

「おはよう、花ちゃん」栞も返す。

一緒にエレベータに乗りこみ、パン屋さんからいい匂いがしてたね、とか、新発売の生メロンパン食べました？　とか言い合っているうちに、チン！　４Fに着いた。傘立てには、濡れそぼった色とりどりの傘がいくつもぎゅうぎゅう詰めになっている。

そして、入口には天井まで届くブナ材の棚が設えてあって、ルートピアの製品が並べてある。積み木やプラモデルや縫いぐるみやボードゲームやロボットや。色とりどりだ。素材やデザインに凝った、決して安くはない、でも製作費を考えれば、良心的な価格設定のものばかり。

「おはようございまーす」

だれに、ということもなく、挨拶をしながら、フロアの片隅の、自分の机に向かっていく。雑誌やら資料が山と積まれ、雑然としている。でも、その雑然としたさまには、なにかしらの調和がある、と栞は思う。

それから、つい深々と息を吸いこまずにいられなくなるのは、朝のオフィスには、いつもコーヒーと、クロワッサンやデニッシュの匂いが漂っているから。何人かの社員が、ここでテイクアウトの朝食をとっているのだ。

若い職場だ。社員は二十五人で、三十代が大半。二十代もそこそこいて、五十代はゼロ。四十代は三人しかいない。社長も飄々とした四十代半ばの女性だ。オフィスにはほどよい緊張感はあるが、堅苦しい雰囲気はまったくなく、花ちゃんに言わせれば、「うちの会社はサッカーのチームみたいだから」ということになる。「サッカーのチーム？　なにそれ？」栞が訊ねたら、「われわれは華麗にして知的な個人プレーの集積としてのチーム力を誇る」と、やんちゃな笑い顔をして、胸を張っていた。

サッカーチームみたいかどうか、サッカーファンではない栞にはよくわからないが、ルートビアは玩具の会社とはいっても、腰を屈めて子どもの顔を覗きこみ、「これ好き？　あれ好き？　どんなものが好き？」とお伺いを立てるのではなく、いかにも売れそうなアニメや漫画の人気キャラクター商品を出すわけでもなく、社員ひとりひとりが、ほんとうに自分の好きなもの、子ども時代に欲しかったもの、いや、大人になってしまった今だって欲しくてたまらないものを作る――そんな我儘が、わりとすんなり通用してしまう場なのだ。そして、毎年、なにかしらヒットが出て、収支のつじつまが、ちゃんと合ってしまう。不景気だろうが少子化だろうが、大海原に乗り出した、勇ましい旗を上げた果敢な小舟みたいに、この会社は存続していきそうだ。子どもの神様に守られているのかもしれない。

今、栞が手がけているもののひとつは、ドールハウスで、とはいえ、いわゆるドールハウスという言葉から、多くのひとが思い浮かべるものとは、おそらく、かなり違う。新進気鋭の建築家に依頼して家の図面を引いてもらい、その中に収める家具についても、建築家が懇意にしているインテリアデザイナーに一切を任せた。つまりは、すこぶるモダンで精巧なものなのだ。

あれは何年前のことだったろう、三年前？　三年半前？　お風呂の中でデトックスに効果があるというハーブティーを飲み、汗をだくだくかきながら、建築雑誌を眺めているときに、そうだ、めちゃくちゃかっこいいドールハウスを作りたい！　ぽかっと閃いたアイディアだった。

夢の家だ、憧れの。

実際に自分がそんな家に住むことは生涯なさそうだけれど、だからこそ、ミニチュアを作るだけでも楽しいんじゃないか、と思った。

そして、どうせやるならチャレンジ精神を持って、と栞はこれから大いに活躍が期待できそうな建築家を何人か候補に挙げ、まずは社内の会議用の企画書を作ったのだった。皆の前でプレゼンテーションをしたときのことを、栞は今でも鮮明に憶えている。一通り、栞が話し終えたあとで、だれよりも先に口を開いたのは社長で、「うわあ。値が張りそう」と唸るみたいにして言った。「馬鹿高い玩具になりそうねえ」それから、「いったい、だれが買うっていうのよ、そんなもの?」と額に手を当て栞を睨み、首を振り振り、「どういう了見で、そんなもの思いつくの、遠山さん?」そう問いかけて、数秒の沈黙のあと、溜息まじりでつぶやいたのだった。「でも、なんか、いいよね。欲しいよね。だれが買わなくても、私、欲しいわ、そのドールハウス」

社長のゴーサインが出たのだ。彼女は決してワンマン社長というわけではないけれど、ほかのだれかが異を唱えることもなく、栞は夢のドールハウス実現に向けて作業に着手することになった。

もちろん、予想していたとおり——いや、もしかしたら、それ以上に、ものごとは難航した。まずは、栞のアイディアに興味を示してくれる建築家を見つけるのがたいへんだった。それから、具体的な依頼をしてギャランティーの交渉、素材のクオリティにはどの程度こだわるのかといった話し合いが幾たびも行われ、当然のことながら、どう考えても大量生産は無理だという結論に至って、イメージをかたちにしてくれる技術を持った職人探しにも一年近くかかった。

個数や販売価格についても、頭の痛いところだ。

社長がはじめに指摘したように、馬鹿高い玩具、になるだろう。

「いったい、だれが買うっていうのよ?」記憶の中の、彼女の言葉が繰り返し耳の奥で響いて、憂鬱な気分に陥りがちな時期もあったけれど、こういう状況のとき、社長はだれよりも無心に、無責任になれるひとらしい。あるとき、栞が会社の近くの定食屋でひとりでランチを食べていたら、どこからともなく現れ、そそっと寄ってきて、「遠山さん、なに暗い顔してんの? ドールハウスのことでしょ? あれはさ、とりあえず、売れなくてもいいって思うことにしない? ほかのひとたちに聞かれたら怒られちゃいそうだけど、採算度外視ってことで、作っちゃおうよ」と囁いたのだ。「ね? だれが買わなくても、私はひとつ買うから。で、私たちが生きているあいだは日の目を見なくても、いつの日か、ドールハウスのマニアックなコレクターが、ぜったい欲しいって、たかーい値をつけるようなものになればいいじゃないの」

おかげで、栞は肩の荷がすこし軽くなった。じゃあ、あれこれ考え過ぎずにやっちゃっていいんだな、という気持ちになれた。そして、いよいよ、ドールハウスは来る(きた)クリスマスシーズンに発売の予定だ。

もちろん、栞の仕事はそれだけではなく、ほかの企画も同時進行でやっている。たとえば、紙製の着せ替え人形。紙製だなんて、昔の子ども雑誌の付録みたいで懐かしい感じだが、人形の顔や姿もレトロな雰囲気はまるっきりなく、洋服は最新流行のアイテムだ。それから、塗り絵のシリーズも手がけている。何人かのイラストレーターに声をかけて。

あれもやらなきゃ。これもやらなきゃ。

栞は椅子に腰かけ、机に頬杖をついて、どうしても今日中に片付けてしまわなければならない仕事について頭の中で段取りを考えつつ、ふと窓のほうに目をやって、不思議に明るい色の空、銀色だなあ、と思った。

雨、まだまだ降りそうだなあ、と。

あたし、走ったの。
走らずにはいられなかった。
だって、目を開けたら、広々とした野原にいたのよ。空は真っ青。ふんわりした雲が浮かんでいて、風がやわらかい草を揺らしていた。さわ、さわさわ。さわさわさわ。乾いた音がして、耳の奥がくすぐられる。そして、草のあいだから、いきなり茶色い兎が現れたの。

ぴょん、ぴょんぴょん、跳ねていく。

「おいで。おいで。のんびりさん」

兎がちらっと振り向いて、にいっと笑ったみたいに見えた。

「追いつけるかな？　僕を捕まえてごらん」って。

そりゃあ、追いつけるに決まってる。もちろん、あたしはそう思った。本来、猫族は狩猟が生業なんだもの。並外れた瞬発力も敏捷さも、遠くまでよく見える目も、しなやかな筋肉も、驚くべき跳躍力も、出し入れ自由な鋭い爪も、尖った歯も、なにもかも狙った獲物を仕留めるためのもの。

「お馬鹿さん」あたしは兎に言ってやった。

「身のほど知らずね。あたしを挑発するなんて」

それから、嬉しくてたまらなくなって、ふるっ、ふるるるっ、身震いした。狩り。追いかける、追いつめる、獲物との距離を縮めていくときの、全身をつらぬく稲妻みたいな興奮。もう居ても立ってもいられない気持ちになったけど、すぐに捕まえちゃうのも、つまんないでしょ？　できるだけ、楽しみは引き延ばさなければ。考えなしの兎をもうすこし先まで走らせてから——さて、そろそろ、いいかしら？

猛然と、ダッシュした。

後ろ肢で地面を蹴った。筋肉に力がみなぎる。周りの風景が飛ぶように過ぎていく。兎はあたしの追跡に気がついて、スピードアップしたみたい。長い耳を揺らして、ちっちゃな白粉（おしろい）のパフみたいな尻尾を上向きにして後ろ肢を撥ね上げ、駆けていく。

兎、兎、兎さん。でも、あなたは、きっと逃げられない。

なぜって、あたしは、兎さん、あなたのことが好きだから。プロペラのような可愛い耳。バタースコッチみたいな目。ぴくぴく動く湿った鼻。ねえ、兎さん、あたしはあなたを愛しているのよ。

どのくらいの時間、走っただろう。

ほんの数分だと思う。

だんだん、あたしたちの距離は縮まった。

兎も疲れてきたようす。逃げきれるはずのないものを、さらに走らせるのは気の毒な気がした。それとも、兎は最後の最後まで走り続けたいのかしら？　数秒刻みで命を引き延ばすために？　その気持ちもわかるけど、そろそろ覚悟を決めてもらうことにした。えいっ！　あたし、高々と跳躍して、兎の背中に飛びかかったの。ちいさな頭に爪を立てて抱えこんだ。と同時に、うなじに歯を立て、喰らいついた。

兎は奇妙な声を上げた。可哀想に。

あたしはほんのすこしだけ悲しくなって、目を閉じた。

すると、世界はたちまち闇の中に沈んで——雨の音がした。

あれ？　と思った。目を開けた。あたしは、ここ。

ここにいる。栞ちゃんのベッドの上だ。ここへ戻ってきてしまった。なんて静かなんだろう。もう夕方なのかな？　部屋の中が薄暗い。

おまけに、なんだか、からだがだるい。雨の日は、いつも、そう。眠くて眠くてたまらなくなるの。瞼が重い。また目を閉じたら、あっちの世界に行ってしまうんだろうな。そして、今度は、どんな冒険が？

あっちに行こうか。こっちに留まろうか。

どっちにしよう？　時が過ぎる。

うつらうつらしていたら、玄関で鍵を回す音がして、

「ただいま、クロエ」あたしの大好きな声がした。

栞ちゃんだ。帰ってきたんだ。

「クロエ。クロエ。おつかれ」
明かりも点けず、バッグを床に放り出し、足早に近づいてきて、ベッドの前に跪く
と、あたしの額に、こつん、額をぶつけてきた。これは猫流の挨拶。栞ちゃんは、あたし
から学んで、この仕草をするようになった。それから、鼻を鳴らして、あたしの匂いを嗅
ぐ。
「いい匂い、クロエ。おつかれだったね」
労いの言葉をかけてくれるのは、あたしがあっちの世界で兎を追いかけたことを知っ
ているから？　ううん、まさかね。あたしに声をかけているようで、実は彼女自身に向け
て言っているんだと思う。
だから、あたしも、「栞ちゃん、今日も一日、よく頑張ったね」って気持ちをこめて、
彼女の頬を嘗めてあげたわ。
栞ちゃんは、雨の匂いを纏っていた。
いつまで降り続くんだろう。
でも、素敵！　って思ったのは、夕食を終えて九時くらいになったら、栞ちゃんがあた
しのことを抱き上げて、顔を覗きこんで、
「ねえ、クロエ。お出かけしよっか」と言ってくれたこと。

どこへ？　そりゃあ、決まってる。

「なんだか、カプチーノ、飲みたくなっちゃったの」

ほら、やっぱり。曜子ちゃんのカフェよ。

嬉しいっ！　あたしは賛同の気持ちを示すために、みゃあ、と、ちいさく声を洩らした。晴れていたら、栞ちゃん、きっとまた今夜も自転車に乗って、意味もなく公園をぐるぐる走るところだったんだろうけど、このお天気じゃ濡れちゃうものね。うふ。雨って素敵。カフェ・ルーティーンに行くとなったら、たちまち眠気も吹き飛んだ。

なんか、久しぶりだなあ、あのカフェへ行くの。ここのところ、どうしてかご無沙汰してたのよね。最後に行ったのは、いつだったっけ？　あたしは日記だの手帳だの書く習慣がないから、わからないけれど。

「じゃあ、カフェに着くまで、おとなしくしててね」

うん。もちろん。ぜったい、いい子にしてるわ。

傘を差して、片腕であたしを抱く栞ちゃんの胸元に、しっかりと前肢でつかまって、彼女の肩の上に顎をのっけて、夜のお散歩。ゆっさ、ゆっさ。栞ちゃんの歩調の振動を感じる。公園通りの雨に濡れたアスファルトは、街灯に照らし出されて、つやっと輝いてみえた。すごくきれい。

ルーティーンの、店先に出して並べてある植物たちも、しっとり濡れて、葉の緑が生き生きとしている。

「あ。栞さん、久しぶり！」曜子ちゃんは、あたしたちを見て、ぱっと明るい笑顔になった。

「クロエ、いらっしゃい。よく来たね」カウンターから出てきて、あたしの頭を撫でてくれた。そして、視線を店の奥へとちらっと移して、

「今夜は広瀬さんも来てるよ。お友達と一緒に」

え？　広瀬くん？

どこどこ？　あたしの広瀬くん。

でも、彼の姿を見つけるより先に、ジュディが目に飛びこんできた。あの愛嬌者のおっきな子が、床に寝そべっていたのがのそっと起き上がって、盛大に尻尾を振っている。おおーい。おおおおーい。まるで、無人島に漂着したひとが、通りかかった船に向かって懸命に手を振っているみたいに。

それから、広瀬くんがぺこっと頭を下げて、

「こんばんは」と言った。

「こんばんは」栞ちゃんも言った。

広瀬くんのお友達、というひとたちも、こちらに顔を向け、軽く会釈した。色白と色黒の、男のひとたち。色白は優男で、色黒はちょっと無骨な雰囲気の男。でも、タイプは違うけど、ふたりとも、広瀬くんやあたしと同様に、ストリートの匂いがする感じ。

「あ。きれいな子」って言ったわ、色白優男が。

だれのこと？　栞ちゃん？

うふ。違うんだなあ、あたしのことよ。このひと、猫が好きなんだって、すぐにわかった。なんだろう、まなざしかな？

栞ちゃんは、きっと、あたしが褒められて気をよくしたのね。彼女にしてはめずらしく積極性を発揮して、彼らのテーブルまで行って、

「こんばんは」もう一度、挨拶をした。

そしたら、色白優男が、ごく自然な仕草で、あたしの鼻から眉間にかけて、すうっと指先で撫でてくれて——それがもう気持ちいいったらなかったから、思わず、目を細めて喉の奥を鳴らしちゃったんだけど——色黒無骨も手を伸ばして、あたしの背中におそるおそる触れながら、

「この子、なんて名前？」って訊ねた。

そして、栞ちゃんが答えるより先に、

「クロエ」って優喜くんが答えたら、
「クロエ？ おいおい、こいつがクロエか」急に色黒無骨が砕けた口調になって、声高に言った。こいつ？　あたしのことを、こいつ呼ばわりした？　正直なところ、むかっとき
ちゃったわよ。当然、栞ちゃんも面食らったようすだったけれど、
「坐ったら？」優喜くんに勧められると、素直に彼の隣の席に腰かけて、
「この子のこと、知っているの？」って言ったの。なんだか、よくわかんないけど——い
い感じの展開じゃない？　って、あたしは気を取り直した。
ジュディも、なんだろうね？　って目を輝かせていたわ。

5

公園のベンチに腰かけ、リュックから文庫本を取り出した。二、三週間ほど前に買ったもので、ここのところ、優喜はいつもこれを持ち歩いて、暇を見つけてはページを繰っている。電車の中や、引越屋のアルバイトの昼休み、イラストを描く合間や、眠る前にベッドに横になって。

ある日、ふらっと入った書店の、文庫の棚で見つけた本だ。

「あ。これが、あれか」思わず、声を洩らしそうになりつつ手に取って、おもて表紙を眺め、うら表紙に書かれたあらすじらしきものにざっと目を通し、そして、ボリス・ヴィアンのまえがきを読んで買うことに決めた。

一行目にこうあったのだ。

「人生でだいじなのはどんなことにも先天的な判断をすることだ。まったくの話、ひとりひとりだといつもまっとうだが大勢になると見当ちがいをやる感じだ。」

ふうん、と優喜は思った。

そうなのかな？　先天的な判断って、なんだ？

ボリス・ヴィアンの小説を読むのは、はじめてで――でも、読む前から、俺、きっと、これ好きだな。そんな予感を覚えたのは、『日々の泡』というタイトルが、しゅうっと舌の先をしびれさせる発泡性の飲み物みたいに、胸のどこかを涼しくさせたせいかもしれない。おまけに、この作品の中には、クロエという名の女の子が登場するのだ。

クロエといえばデューク・エリントン――そう優喜は思っていたから、あの黒猫を見るたびに懐かしいジャズの調べを口ずさみたい気持ちになっていたのだけれど、「クロエはね、小説のヒロインから名前をもらったの」と彼女は言った。艶（つや）やかに黒い、猫の背中を撫でながら。

遠山栞だ。カフェ・ルーティーンで。

残暑の残る雨の夜、優喜の家で引越祝いをしたあとで、野郎ばかり三人でルーティーンでさらに飲んでいたときのことだ。「クロエかあ。へえ。じゃあ、ボリス・ヴィアン？」と、まことに反応よく、即座に言ったのは立川くんで、「え？　デューク・エリントンじやなく?」藤井さんは酔っぱらった機嫌のいい顔で言い、それはまさしく優喜が心の中でつぶやいたことと同じだったのだけれど、さらに立川くんは栞に向かって、「クロエっていったら、あれでしょ?『日々の泡』。僕もあの作品、好きなんだよ」と瞳を輝かせ、そのとき、ふたりはなにやら親しげな、嬉しそうな笑みを交わし合ったものだから、優喜はそれ以上は立ち入って訊ねられなくなってしまったのだが——そのタイトルの文庫本を手にして、なるほど、そういうことか、と納得した。

まえがきの文章には、こうも書いてあるのだ。

「遵守(じゅんしゅ)するための規則などこさえる必要もなかろう。ただ二つのものだけがある。どんな流儀でもいいが恋愛というもの、かわいい少女たちとの恋愛、それとニューオーリンズの、つまりデューク・エリントンの音楽。ほかのものは消え失せたっていい、醜(みにく)いんだから。」

『日々の泡』に登場するクロエは、やはり、デューク・エリントンの編曲による「クロエ」にちなんだ名前の女の子だったわけだ。

ただ二つのもの——おそらく、人生において価値のある、美しい、ただ二つのもの——それが女の子との恋愛と、デューク・エリントンの音楽だと、こんなにも確信に満ちた調子で言いきってしまえるなんて、ボリス・ヴィアンが羨ましいくらいだ、と優喜は思わずにいられない。手にした文庫本の重さを、もしくは軽さを心で量りつつ。

と同時に、でも、とも考える。

でも、もしかしたら、このひとは絶望していたのかもしれない。

遠山栞に訊ねたら、なんと答えるだろう。その後も、彼女のことは何度かカフェ・ルーティーンで見かけたけれど、『日々の泡』を、わざわざ買って読んでいることは言っていない。なんとなく——

照れくさくて、ということだろうか。

「どう思う？」話しかけた相手はジュディで、優喜の隣、ベンチの上にどっしりと寝そべっている。もちろん、なにか気の利いた答が返ってくることを期待していたわけではないのだが、ひょいっと顔を上げた飴色の犬は、考え深そうな目をしているようにも見える。陽の光の加減だろうか。

秋の空は青く澄みきっていて、どこまでも高い。ちょっと、つめたい風が吹いている。深く息を吸いこめば、色づきはじめた木の葉の、芳ばしい匂いがする。犬を連れて散歩するには、もってこいの季節といえる。

実際、さっきから何匹、見かけたことだろう。機嫌のいい顔をして、日向の道を軽やかな足取りで闊歩している。おっきな犬、ちいさな犬、毛並も色もさまざまだ。もちろん犬同士にも相性があるのだろう、ジュディのほうを見て、なにやら険しい目をして睨むようにするものもいれば、嬉しそうに尻尾を振るものもいれば、まったく興味も示さずに、さっさと行ってしまうものもいる。人間の目から、彼らの性別を判別するのは難しいが、「おい、ジュディ。今の子、可愛かったじゃん？　おまえもさ、公園で、だれかと運命的な出会い、とかないわけ？　好きだ、好きだ、たまらなく好きだ、なんて思って、あとさき構わず走り出したくなるような？」

長い毛並の背中に手を置いて、小声で問いかけてみたところ、当の犬は微かに耳を揺らしただけで、聞いているやら、いないやら。

走る、走り出す——僕はだれか女の子のために、がむしゃらに走ったことがあっただろうか、と、すこしばかり自虐的な気分で、優喜は別れた彼女のことを考え、けれども、思いがけず心の痛みはさほど生々しくない。

さんざんもめた挙句、彼女と一緒に暮らしたマンションを出てから、しばらくは、からだの一部を——たとえば、右足とか左手の薬指とか耳たぶとか鼻の先っぽとか、そうじゃなかったら、もしかしたらペニスとか——ざっくり切られて、ふたりで使ったベッドの下の暗闇に置き去りにしてきたような、それでいて、なにやらすべてが他人事みたいな、妙に遠い痛みと欠落感を覚えていたのだが、いつのまにか、その感覚はさらに遠い。忘れた？　慣れた？　もしくは、麻痺してしまったのかもしれない。

優喜は顔を仰向けて、目を閉じ、瞼に陽の光を感じながら、両腕をぐんと前に差し出し、思い出せない、とつぶやいてみた。半信半疑で。

すると。

実際、思い出せない、のだ。

日々が過ぎていくにつれ、古びた皮膚の表面が剝がれ落ちていくように、響子を抱いたときに感じた温もりや、匂い、肉のやわらかさ、息の湿り気、彼女の声や味――なにもかもが、かさ、かさかさ、と乾いて失われていく。

一緒にいなければ、当然のことなのだろう。

でも――俺って意外に未練たらしくないんだな、と、わざと軽々しい調子で思った途端に、耳の奥で、彼女の声が響く。

「あなたって、薄情なのよ。自分で気づいてないでしょ？」

いつか、そう言われたことがあったのだ。

責められたときの言葉は、ふとしたときに、ひょいっと甦って優喜を傷つける。彼女の優しい存在感――存在感というよりは、実在感とでも呼びたいもの――は、時が過ぎると共に、優喜のからだからすこしずつ、けれども、たしかに離れて、今となっては呼び戻しようがないというのに。

優喜は溜息をつき、その吐き出す息の中で、

「おい、ジュディ」声をかけたら、前肢に顔をのせ、微睡んでいたらしい犬は、大儀そうに目を開けた。背中に手をのせると、日向の温度だ。

読みかけの文庫をぱたんと閉じて、

「クロエの肺の中に、睡蓮の蕾ができちゃったよ。咳をして、寝たきりで。どうなっちゃうんだろうなあ?」

そうなのだ。クロエはコランと出会い、一目で互いに惹かれ合い、恋をして結婚する。しかしながら、その幸福な生活は長くは続かず、クロエは病気になってしまうのだ。世にも不思議な、美しい奇病だ。右の肺に睡蓮が芽吹く。茎が伸び、蕾ができて膨らみ、やがて花が。

治療法は、睡蓮を生長させないよう、一日二匙以上の水を飲まないこと。水の中で泳ぐ魚みたいな、気味のわるい錠剤を服用すること。それから、常時、まわりにたくさんの花々を置いておくこと、胸の中の睡蓮を威しつけるために。病室は、まるで鬱蒼とした温室のようになっていく。

花々は高価だ。コランは職業に就いて働かなくとも暮らしていけるだけの資産を持って

いたけれど——つまり〈お坊ちゃん〉だったわけだ——やがて、それも底をつき、クロエの治療費を稼ぐために、やむなく過酷な肉体労働をはじめる。武器を生産する農場だ。銃の種を土にまいて、そこに裸で横たわる、すると、人間の体温を糧にして、銃身が植物のように育ってくる。自分の良心を裏切る、心身ともに、きつい仕事だ。

「労働かあ……」

優喜が立ち上がると、ジュディものっそりとベンチからおりた。

この世のどこか——遥か彼方、鉄色の空の下、ほんとうに武器を生産する農場があって、コランという名の若者が、病に罹った恋しい女の子のために、若いからだの熱を売って銃を育てているような、そんな気がしてくる。なんとなく、胸苦しい。暗雲が垂れこめる。

今、この公園から見る空は、こんなにも青く、そして、目の前を、健やかな汗をしたたらせて走っていくランナーたちがいるけれど。

「うちに帰って、イラストの続き、描かなくちゃなあ」

ボリス・ヴィアンの作品の中に漂っていた、どうしようもない悲しみを振りはらうために、優喜はあえて呑気な口調で、犬に話しかけた。

「だけど、せっかく天気がいいから、もうすこし歩くか」

ジュディは口をぱくっと開けて、大笑いしているみたいな顔をした。

クロエ。今、クロエって言った？

眠っていたら、優喜くんが僕の名を呼んで、それから、肺の中に睡蓮の蕾ができちゃった、とか、なんとか。咳をして寝たきり？　意味がよくわかんない。だって、あの黒猫はだれよりも元気だよ。

ついこないだも、会ったんだ。カフェ・ルーティーンで。

この頃、優喜くんは、あのカフェへちょくちょく足を運ぶからね。週に一度か二度は、栞ちゃんとクロエとばったり顔を合わせるかなあ？

クロエは僕のことを、お月さまみたいな瞳でじっと見つめる。僕が近づいていくと、くるっと背中を向けて、つれない素振りでゆっくり遠ざかっていくんだけど、わかってるんだ、彼女は僕を試してるんだね。あのしなやかな、見るからに敏捷そうなからだが全身で、ついておいで、そう僕に伝えてくるのを感じる。

ジュディ！　ジュディ！　ついておいで。

だから、僕はクロエのあとを追う。長くてひゅうっとした尻尾が左右にゆうらり、ゆうらり揺れて、それを見ていると、なんだか、催眠術にかかったようになる。ルーティーンの店内なんて、さほど広いわけでもないのに、星の瞬く夜空の下、見渡す限りの緑の野原を、クロエとふたりきりで、どこまでも歩いている――そんな錯覚、ていうか、幻影に包まれるんだ。あたりは、しんと静か。でね、なんだか、すこぶる気持ちよくなっていると、彼女は振り向いて、いきなり前肢で、ぱしっ！　僕の鼻を叩く。

あくまで軽やかに、優しく、だよ。

すると、僕は、はっと目が覚めて、野原から、カフェに戻ってくるわけさ。コーヒーの香りがして、ほどよく賑やかな場所にね。

クロエ。彼女は病気じゃない。それはたしかだ。でも、あの黒猫の胸の中で睡蓮の蕾が花開いたら、さぞかし、きれいだろうなあ、と思う。その花は彼女の舌と同じ色、薄紅色じゃないだろうか。

この世の、どこにもない花だよ。

どんな匂いがするかなあ？　なんてことを考えながら、僕は歩いた。優喜くんと一緒に、公園を一周。ここしばらく、彼も物思いに耽りがち。まあ、もともと、ぼんやりした青年なんだけどね。でも、熱心に本なんて読んじゃって、どうしたの？　という感じ。

秋の空気はぱりっ、さくっとしている。僕の好物のグラハムクラッカーみたいなんだ。地面に落ちた色とりどりの葉っぱを踏みしだくのも楽しくて、僕は一周どころか何周だって歩き続けたいくらいだったけど、

「そろそろ、帰るか」と優喜くん。

「おまえも疲れただろ？」

いや、そんなことないよ。首を振って、うぉん、ちいさく吠えて、きっぱり否定したにもかかわらず、彼はさっさと公園の出口に向かった。

僕、優喜くんのことは好ましく思っている。彼との暮らしはわるくない。だけどね、正直なところ、ときどき思うよ。紐つきの生活って、どうなんだろ？　って。リードも首輪もなしで、一度だけでいい、ひとりで思いきり全速力で走ってみたい。もう一歩たりとも前に進めなくなるまで、ぼうぼう命を火の玉みたいに燃やして、さ。

いつか——いつか、きっと。

そのときが来たら。

心の片隅で、いつだって、そんなふうに望んでいるってことは、僕は血統書付きの——

生まれながらの〈飼い慣らされた犬〉とはいえ、それでも、やっぱり都会生活には馴染みきれない、野性的な猛々しい、熱い血潮も流れているんだなあ、と誇らしく感じているんだよ。いざとなったら、僕だって、ただおとなしくしてるだけじゃないってね。

こんな話を聞いたことがあるよ。僕たちの先祖は、昔々、ロシアのサーカス団で飼われていたっていうんだ。いったい、なにをしていたんだろうね？　ライオンみたいに火の輪くぐり？　とんがり帽子をかぶって曲芸？　旅から旅への放浪の生活を送って、たくさんの子どもたちを喜ばせていたのかもしれない。それって素敵じゃないの！　と思うけれど、ほんとうかどうかは、わからない。

もっとたしかな説は、十九世紀のスコットランドの貴族のもとに生まれたのがはじまりだってやつ。ご主人の水鳥猟のお供をして、自然の中を歩き、池の中にもざぶざぶ入り、ぐんぐん泳いで、撃ち落とされた鳥を持って帰ってくるっていう働きをしてたらしいんだよ。かっこいいだろう？　僕、公園の池を見ると、思いきり飛沫を上げて水の中に入っていきたい気持ちになるんだけどさ、きっと血が騒いでるってことなんだね。

まあ、それはさておき。

僕たちは家を目指して歩いた。帰ったら、まず渇いた喉を潤して、おやつをもらって、それから、ソファに寝そべって一休みかな、なんて気持ちでいたら、ふうっと懐かしい匂いがした。あ、と思った。でも、気のせいかな？　たしかめるために、意識を集中した。風の、空気の、舗道の匂いを嗅いだ。うん、やっぱり間違いない。これは――

ついリードが、ぴん、と伸びきるまで、前進しちゃったよ。

「おい、どうしたんだよ、ジュディ？」優喜くんは僕に引っ張られて戸惑い気味だったけれど、そんなこと構っちゃいられない。はやく、はやく、優喜くん、はやく歩いてよ！

公園通りから路地に入ったところに――

やっぱり、いたっ！

ちょうど、門から出てきたところ。銀色の髪をしゃきっとショートカットにして、鼈甲色の眼鏡をかけている。愛用の古い、鰐皮のハンドバッグを腕に引っかけ、ぺたんこのフラットシューズを履いている。決して背は高くないんだけれど、輪郭がはっきりしていて、その存在感は大きい。だれだと思う？　日登美ちゃんの、おばあちゃんだよ。

やっほいっ！　僕は声を上げたつもりだった。

うぉおおんっ、と、結果的には吠えたことになった。

おばあちゃんは僕のほうを見た。たちまち、顔中に笑みが広がった。目尻や口元にやわらかい皺がいっぱいできて、そりゃあ魅力的なんだ。そして、ジュディ！　って嬉しそうに、僕の名を呼んだ。

おばあちゃん！　僕も呼び返したよ。

優喜くんを急がせ、ぐんぐん早足で歩いた——ほんとは駆け出したいくらいだったけど、我慢したんだよ。間近まで来たら、おばあちゃんは腰を屈めて、両腕を差し出した。僕は腕の中に突進した。

「ジュディ、久しぶりね」優しい声。

僕の大好きな、おばあちゃんの、いい匂い。

日登美ちゃんの匂いと、すこし似ている。

おばあちゃんは僕を抱きしめ、頬擦りをした。耳の付け根を指先で、絶妙のタッチでくすぐって、ジュディ、ジュディ、と何度も呼び、たっぷり親愛の情を示してくれたあとで、おもむろに優喜くんのほうを向いた。

「こんにちは。あなたが広瀬さんね？」

「……はあ」優喜くんは訝しげな顔をしていた。

「いろいろとお世話になりまして。ご挨拶が遅れましたけど、私がこの家の、なんというのかしら」と、そこで、おばあちゃんは一呼吸して、

「大家の身内のものです」と言った。

「えっ。大家さんの？」優喜くんったら頓狂（とんきょう）な声。

「そうなの。ここの家はもともと夫婦とその娘、三人家族が住んでいたって聞いているでしょう?」

「はあ。ええと、あの、カフェの店長さんの曜子さんから。なんでも、ご一家は仕事の都合で、海外に長期滞在しているって」

そしたら、おばあちゃんは数秒だけど目を伏せて黙りこんだ。僕、その気持ちはよくわかるんだ。遠くにいる日登美ちゃんや、パパとママのことを思うと、会えないことが淋しくて、もどかしくて——こういう言い方はあんまりしたくないけど、正直なところ、ちょっと心に影が差す。

「ここに住んでいたのは、私の息子夫婦と、孫娘なんですよ。私は松江といいます。松江澄子です。はじめまして」

「あ。どうも。はじめまして。広瀬です。こちらこそ、お世話になっております」

優喜くんはびっくりした顔をして、頭をぺこっと下げた。おばあちゃんはうなずいて、口元に笑みを漂わせ、

「よかった、いいタイミングでした。今、呼び鈴を鳴らしてみたんだけど、お留守だったから、あら残念、なんて思っていたんですけどね。ラッキーね、お会いできたわ。ジュディのお散歩に行ってらしたの?」

「ええ。そうです、公園へ」

「そう。ありがとう」おばあちゃんは優喜くんに微笑んで、

「よかったねえ、ジュディ。お散歩、楽しかったの？」って僕に言った。

もちろんさ、最高だったよ、おばあちゃん。

もう一回、行ってもいいよ。

今度はおばあちゃんと一緒に。ねえ、どう？

「急にお邪魔しちゃって、ごめんなさいね」おばあちゃんは、おっとりとした調子で続けた。

「でも、前もってお知らせしておくのも大袈裟でしょう？　曜子ちゃんから、あなたのお話はいろいろと伺っていたので、安心していました。私、群馬に住んでいるんですが、東京に出てくる用事があったものだから、こちらにも、ちょっと寄ってみようかしら、と思ってね。今も、曜子ちゃんのカフェに行って、お茶を飲んで、久しぶりにゆっくり、おしゃべりしてきたところだったんだけど」

「あ。カフェ・ルーティーンへ行ってきたんですか」

「ええ。この家とジュディのことは、基本的になにもかも、曜子ちゃんにお任せしているから。そうなのよ、そんな状態なので、今さら大家がしゃしゃり出て、この家へ伺うのも

どうかと思ったんだけど、ジュディにも会いたかったしねえ……思いきって来ちゃったわ」

「はあ」優喜くんは、すこし緊張した面持ちで、

「あのう、お上がりになりますか。よかったら、お茶でも。ええと、散らかってるんですけど……すみません」恐縮しながら、そう言ったよ。

平日の午後。さほど混んでいない、カフェ・ルーティーン。

栞はカウンター席に坐り、シーフードのリゾットを食べたあと、カプチーノと栗のタルトをオーダーして、

「なんか、元気になってきたよ」と曜子に言った。

「そう？　よかった」

身を入れて手掛けてきたモダンなドールハウスの製作と、と同時に、ほかの新作おもち

やも並行して担当してきたので、このところ、栞は残業続き。なんたって、もうすぐクリスマスシーズンに突入する。玩具業界にとっては稼ぎどきだから、毎年、この時期は多忙なのだ。時間に追われる日々だったので、すこし緊張が緩んだら疲れが出たのか、ついに熱が出て、会社を休んで昼過ぎまで昏々と眠ったあとだった。

目覚めたとき、まだからだはだるく、食欲もなく、でも、食べなくちゃ、と冷蔵庫を開けてみたものの、情けないほど、がらんとしていて——そこで、しょんぼりしてしまうと、下手すると寝こむことになりそうな気がしたから、栞は自分自身を励まして、カフェへやってきたのだった。

曜子がカウンターの向こうから手を伸ばし、栞の頬に触れて、

「もう、熱、ないみたい」

「うん。たいした熱じゃなかったから。寝たら治った」

「体調不良は寝て治す、それがいちばんだよ。美味しいもの食べて」そう言いながら、曜子はカプチーノの泡の上に、竹串を使って、熱心になにか描いている。運ばれてきたものを見たら、猫の顔だった。大きな耳が尖っていて、髭がすっすっと長い。

「クロエだよ、似てないけど」

「たしかに、似てない」

ふたりで笑った。クロエは店の入口近くの、ベンジャミンの脇で、せっせ、せっせと忙しそうに身繕いをしている。無心なさまで。

生クリームをたっぷり添えた、栗のタルトはほっくりと秋の味わいで、黒砂糖を使っているらしく、独特の素朴な甘さだ。栞はあえて仕事のことやら、日常のあれこれは考えずに、ぽうっとしてカフェに流れる音楽に耳を傾け、お菓子を口に運んでいたのだが、あれ？　さっきまで店の奥で身繕いをしていたクロエが足元にいて、からだを擦りつけてきた。そして、栞を見上げて、か細い声で、なあぁ、と鳴いた。

まるで、なにかを知らせようとするかのように。

「どうしたの、クロエ」栞が声をかけたのと、カウンターの向こうで曜子の顔がぱっと輝いたのが、ほとんど同時だった。

「澄子さん！　東京にいらしてたんですか」

栞もつられて、曜子の視線の先、店の入口のほうを見やると、小柄な老婦人が立っていた。小粒な顔に不釣り合いな、ちょっとごつい印象のフレームの眼鏡をかけて、そのレンズの奥の瞳が笑っている。

「こんにちは、曜子ちゃん」はつらつとした声だ。

「こんにちは、お元気そうで」

「元気よ、そりゃあ元気」

お客のすくない時間だったので、空いているテーブルもあったのだけれど、迷うことなく老婦人はカウンター席に来た。ハンドバッグを腕に引っかけたまま、よいしょ、というよりは、えいやっ、と気合を入れる感じで、よじ登るようにして高いスツールに腰かけ、それから、背筋をしゃんと伸ばして、銀色の髪を片手で撫でつけた。

「いつものやつでいいですか」と曜子が訊ねた。

「ええ。温かいものをね」すましたようすで、老婦人は答えた。

だれだろう。ずいぶんと親しそうだ。でも、常連客というわけではないはずだ。栞はこのひとを見かけたのは、はじめてなのだから。

いつものやつ、というのはチャイだった。ミルクで煮出した、スパイスの香りふくよかな紅茶。曜子が作ったそれを、老婦人はゆっくりと啜った。

「今日、こちらに？」

「そうなの。朝はやい電車に乗ってね」

明日、親戚の法事なのよ、と言う。

「とりあえず、ホテルに荷物を置いて、こちらへふらっと来ちゃった」

「じゃあ、日登美の家には？　もういらっしゃいました？」

「いいえ、まだだけど。行っていいかしら」

「そりゃ、いいでしょう？　ジュディが喜びますよ」

「そうねえ。だけど、あの家に住んでくださっている方、私が行ったら、煩わしくて迷惑なんじゃない？」

「そんなことないと思うな。広瀬さん……あたらしい住人ですけど、ちっとも面倒くさくないやつですから。お会いになったらいいですよ」

「そう？　ほんとうに？」

「ええ。私もご一緒できたらいいんだけど、お店があるからなあ……ごめんなさい」

「なに言ってるの、曜子ちゃん、あなたが謝ることじゃないわよ。それでなくとも、あなたには、なにからなにまで任せっぱなしで、お世話になってるのに」

耳に入ってくる会話を聞くともなく聞きながら、ああ、このひとが、と栞は思った。視線を流して、そっと老婦人の横顔を見た。

以前、曜子が話してくれたことがあった——ジュディの、本来の飼い主の日登美ちゃんのこと。曜子の昔からの友人で、その親友のために、彼女はジュディの世話と、あの家の管理について一役買っているということ。そして、日登美ちゃんの祖母にあたるひとと、家のあれこれについて連絡を取り合うことがあるのだ、と。

ふたりの会話が途切れたところで、

「ジュディ、いい子ですよね」栞は思いきって話しかけてみた。なぜだろう、声をかけずにはいられなかった。親しみを覚えた。

すると、老婦人は栞に顔を向け、

「あら。ジュディのこと、知っているの？」

「はい。このカフェでよく会うんです、それから、公園とか」

「そうなの、まあ。私はジュディの、おばあちゃんなんですよ」茶目っ気のある笑みを浮かべて言った。そして、栞たちは互いに自己紹介をしたのだが、その最中に、クロエがふいに膝に飛び乗ってきた。

澄子さんが驚いて、声を上げた。

「あらっ。黒猫？　どこから来たの？」

「この子、クロエです。私の友達。ジュディにも仲良くしてもらってます」

だから、そんなふうに栞は猫についても話した。クロエは先っぽがミルク色の前肢を伸ばして、澄子さんの膝小僧に、ちょちょい、ちょい、と触れた。スカートの裾と戯れるようにして。

「人懐こいのねえ」笑い出した澄子さんに応えようとしてか、クロエは、みゃあああ、と声高に鳴き、次の瞬間、その膝に軽やかに飛び移った。

「あらあら、元気いいじゃないの」

澄子さんは、ますます笑い、栞は困惑して、

「ごめんなさい。洋服に毛がついちゃいますけど」

「いいのよ、そんなこと」

クロエは澄子さんに頭や背中を撫でられて、目を細めて機嫌よさげに喉を低く鳴らしはじめた。和(なご)やかだ、平穏な午後――でも、なにかが、と栞は思う。なにかが、引っかかる。

引っかかる？　その言葉が適切かどうかは、わからないけれど。それは今はじめて感じたことではなく、ずっと前からだ。ジュディだけが残されてしまった家、海の向こう、どこか遠くへ行ってしまった家族、そして、日登美ちゃん。栞が曜子からその話を打ち明けられたとき――「だからね、その家で暮らしてくれるひとを探してるのよ。家具つき一軒家で、家賃格安よ。ついこないだまでいた賃借人の男の子は、いまひとつジュディと折り合いがよくなくてね。栞さん、どう？　よかったら、住んでみない？　とりあえず、家を見てみるだけでも？」と持ちかけられたことがあったのだ。優喜があの家で暮らすことが決まる前だ――栞は今の住居に満足していたし、また引越をするのも面倒だから断ったも

う。
っ。あっさり断ってしまった手前もあって、あのときは、興味本位にあれこれ突っこ
な問をすることは憚られたのだったけれど——今、澄子さんと曜子の笑顔を目にし
なく、「私、お会いしたことはないんですけど、ジュディの家族だと思うと、なんと
ですか、なっちゃって」といった具合に前置きしたうえで、「日登美ちゃんたち、お元気
そもそ、無邪気に訊ねることができないのは、どうしてなのだろう。
まるで、ふたりは、なぜ、一家の話をしないのか。
ガラス張り話題を避けているみたいに。
きらきらと木カフェに、明るい光が射しこんでいる。眩しいほどだ。街路樹の葉から、
見つめてい陽がこぼれ落ちる。
ジュディ。た、目が痛くなった。
栞はの中で、あの犬の名を呼んだ。

ふうん。素敵な[illegible]ばあちゃんじゃないの！　って思ったの。銀色の髪、憧れちゃうなあ。ほら、あた[illegible]真っ黒でしょ？

三毛猫、ぶ[illegible]茶とら、白猫、縞猫……猫にもいろいろいるわけだけど、黒猫はもっとも気品があ[illegible]、きれいな部類じゃない？　あたしは自分の艶やかな毛並に大いに自信を持って[illegible]ものの、黒じゃなかったら銀でもいいなあ、なんて思うことがあって、でも、ほん[illegible]に美しい銀色の猫なんて、めったなことじゃ、お目にかかれない。

それ[illegible]こにいたっ。年季の入った見事な銀。

猫[illegible]くて、おばあちゃんだけど、この際、そのことには目をつぶろうと思ったわ。どこ[illegible]どなたさまだろう。あれあれ、曜子ちゃんのお友達なの？　いったい、どういう間[illegible]好奇心がむくむく湧いてきて、聞き耳を立てていたら――このひと、ジュディ[illegible]あちゃんなのね！

それなら、ちゃんと、ご挨拶しておかなくちゃ。

あたし、まずは栞ちゃんの膝に乗って、おばあちゃんに深く頭を下げて、右の前肢を差し出した。だって、それが人間流のやり方なんでしょ？　なんだっけ、握手っていうの？　でも、残念ながら、おばあちゃん、笑うばかりで、わかってくれなかったのよ。しようがないから、えいっ！　彼女の膝に飛び移った。そして、頭や背中を撫でてもらって、猫は猫らしく、ごろごろ喉を鳴らす大サービスよ。

ここのところ、栞ちゃん、えらく忙しそうだなあ、なんて思っていたら、とうとう体調を崩して、熱を出しちゃって、そりゃあ、あたしだって心配したわ。だけど、たまには会社を休むのもいいことね。平日のカフェはがちゃがちゃうるさくないし、素敵なおばあちゃんにだって会える。

おばあちゃんは、スパイスの香りのするチャイを飲んでしまうと、

「じゃあ、ちょっと行ってみようかしら」って言った。

どこへ？　広瀬くんとジュディの家よ。

いいなあ、あたしも行きたいっ！　て思ったわ。どんなとこに住んでいるのか、見てみたいもの。だから、連れていって、の意思表示のつもりで、おばあちゃんの胸元に、ついしがみついちゃった。そしたら、

「こらっ、クロエ。だめよ、爪なんて出して」

栞ちゃんが、あたしの頭をこつんと指先で叩いた。ひどい。それじゃあ、まるで、あたしが不作法な猫みたいじゃないの。ちょっとだけ、むかっとしたから、あたし、栞ちゃんのこと睨みつけてやった。で、おばあちゃんの膝からも飛び降りて、さっさと店の奥へ行ったの。ちぇっ。お店のソファでがりがり爪研ぎでもしたい気分だったけど、なんとか我慢したわ。

それでね、おばあちゃんが、もう行っちゃうっていうのに、「またお会いしましょう」のご挨拶もしないで、カフェの隅っこでふて寝をしちゃったってわけよ。

そして、お昼寝しながら、だれかの足音が近づいてくるのを察知したの。たぶん猫アンテナがキャッチしたのね。公園通りを歩いてくる。すたすた、すたすた。軽やかな足音。スニーカーを履いてる。今にも走り出しそうな。

あたしは眠り猫の状態で、わくわくしていた。

来る、来る、あれは広瀬くんだ!

来たっ。あたしは目を開けた。やっぱり、そうだった。広瀬くんが店に入ってきたところだった。うふ。ラッキー。彼に会えるなんて。

嬉しくて、あたし、すっかり機嫌が直っちゃった。ととととっ。小走りで栞ちゃんの足元に行って、また彼女の膝の上にジャンプした——広瀬くんがよく見えるように、ね。

「あ。広瀬さん」と曜子ちゃんが言った。

「こんにちは。ねえ、さっき、そちらに……」

「ああ、うん。松江さんだろ？　会ったよ。突然だったから、びっくりしたけど」

「じゃあ、すれ違いにならずに、会えたのね？　よかった」

広瀬くんはカウンター席に坐った。ちょうど、あのおばあちゃんが腰かけたのと同じスツールだったわ。ダブルエスプレッソをオーダーして、栞ちゃんのほうをちらっと見て、微かに笑みを浮かべ、「こんにちは」って言ったけれど、すぐにまた曜子ちゃんに向き直って、

「あのさ、どういうこと？」って身を乗り出すようにした。

「なにが？」曜子ちゃんは落ち着きはらっている。

そして、広瀬くんがなにか言うより先に、

「ところで、ジュディは？」と訊ねた。

「ジュディは今、松江さんと散歩中だよ。あのおばあちゃん、天気もいいことだし、久しぶりに、一緒に歩きたいっていうからさ。じゃあ、どうぞって。ジュディも大喜びで、尻尾を振ってたよ。今頃、公園にいるんじゃないかな？　松江さん、ジュディと出かける前

に、ちょっと、家に上がってお茶したんだけどね」

「……そう。なにか言ってました?」曜子ちゃんは探る目をしていた。

「いや。とくに、なにも」素っ気なく答えた広瀬くんも、なにやら、ようすを窺っているみたいだったわ。あたしは、そういう気配に敏感なの。探る、窺う、目に見えないものを見る——猫の得意分野よ。

エスプレッソマシーンがしゅうっと白い湯気を上げ、曜子ちゃんがぐいっとレバーを下ろした。陶器のちっちゃなカップに漆黒の液体が泡を立てて落ちていく。たちまち、店内に濃厚な芳ばしい香りが漂う。

「お待たせしました。どうぞ」

「ありがとう」広瀬くんはブラウンシュガーのキューブを、指先を器用に使って砕き、その欠片をエスプレッソの中に溶かして、

「松江さん、リビングルームでお茶飲んで……ずっと、にこにこしていたけど、なんていうのかなあ、俺のささやかなボキャで簡単に言うと、悲しそうに見えたよ。うーん、悲しそうっていうより、もっと複雑な感じだったけどね。だからさ、ほかの部屋も見ます?って訊かずにはいられない気持ちになったんだ。そしたら、いいの?って言って、一部屋、一部屋、ゆっくり眺めてたよ。もちろん、俺があの家をきれいに使っているかどうか

チェックしてる、なんて視線じゃなくね」

　曜子ちゃんは、うなずいた。

「で、二階に女の子の部屋があるだろ？　松江さん、あの部屋に入ったら、もう一言も口を利かなくなっちゃって、窓辺に立って外を見たり、机の上のものを手に取ったりしてたけど、そのうち、ベッドに腰かけて、放心したようすで、しばらくじっとしていたよ。なんか、迂闊に声もかけられない感じだった」

　広瀬くんは、そこまで言うと、ちょっと挑発的な目で曜子ちゃんを見つめた。でも、彼女はなあんとも応えないのよ。奇妙だった、まるで彼女の顔の上で時間が止まっちゃったみたいに、ぴたっと無表情なの。なんだか、あたしまで息が詰まりそうだったわ。

「あのさ、俺に隠してることがあるだろう？　べつに話したくなければ、話してくれなくてもいいんだけどね。なんか変だって思ってたんだよ。俺、引越してきた日に、ここへ来て、曜子ちゃん、きみに事情を訊いたよね？　そしたら、あの家に住んでたひとたちは当分帰ってこないって。それ、どういうこと？　当分って？　いったい、いつからいないんだよ、その家族はさ？　俺、よく憶えてるよ。曜子ちゃんは、あのとき、俺が余計なことを知りたがるのを封じるみたいに、こう言ったんだよ」

　――お願い、わかってください。

――これ以上、なにも訊かないで、あの家で暮らして。

「だから、俺、ずっと今日まで、あえて訊かずにいたんだけどね。鈍感な男ってことでOKだと思ってさ。ジュディもいいやつだし、あの家で暮らすことについて、俺にはなんの不満もないわけだし」

そしたら、曜子ちゃんがうなずいて、

「ごめん」って言った。

「ごめんなさい」さらに言い直して、頭を下げた。

ていうより、うなだれたのかな？　泣き出したんじゃないかって、あたしは心配になったけど、ふたたび顔を上げたとき、彼女は強い目をして、

「知りたい？　じゃあ、お話しします」その声は静かで、凛(りん)としていた。

「うん。知っておきたい」って広瀬くんは言った。

カプチーノの泡をスプーンの先で掬(すく)って口に運ぶ仕草をしながら、栞ちゃんも、曜子ちゃんの次の言葉を待っているのがわかった。もちろん、あたしだって、尖った耳を、ますますぴんと尖らせて、一言も聞き洩らすまいと話に聞き入っていたのよ。

6

部屋の中はまだ暗く、ベッドサイドに置いたデジタル時計に目を凝らしたら、5：07という数字がぼんやりと浮かび上がって見えた。
「またか」優喜はつぶやいて、もう一度、寝なおそうと、枕の上に頭をのせた。このところずっと、なぜか早朝に目が覚めてしまうのだ。なんだか、癖(くせ)になってしまったみたいだ。
夜明け前の、冬の空気——鼻の頭をつめたくする。どこか、この世の中のもっとも暗い場所に、ひとりぼっちで置き去りにされたような寒々とした心細さを感じる。暖かなベッドの中にいるにもかかわらず、鼻の先から凍え、やがて、からだ中がびっしりと霜に覆われてしまいそうな。

その前に、眠れ、眠れ、眠ってしまえ――念じつつ、優喜の閉じた瞼の裏に浮かび上がってくる姿がある。

もう何年ものあいだ、寝たきりの女の子だ。

病院の白い壁、白いベッド。彼女は深い眠りの中にいる。ときおり、睫毛(まつげ)が微かに震える。ほんのわずかに。今にも、ぱちっと目を開けそうに。

呼びかけてみようか、彼女の名を?

そしたら、目が覚めるだろうか。

優喜は彼女の枕元に立って、その顔を見つめる。あんまり無防備なようすだから、思わず跪いて、指先で頬を撫でてしまう。そして、キスを。

ふっくらとやわらかな唇にキスを。それから、彼女の名を呼ぶ。

「日登美ちゃん」

と、そこで目が覚める。

彼女の、ではなく、優喜の、だ。

今度は部屋の中は明るく、時計を見れば、七時過ぎ。しばらく、こんな朝を繰り返している。奇妙な夢を見るようになったのは、やはり、曜子から聞いた話がよほど胸に響いたせいなのだろう。

あの日——松江澄子が現れて、ジュディと散歩に出かけているあいだに——優喜がひとり訪れたカフェ・ルーティーンで、

「知りたい？」

曜子は、覚悟を試すみたいに訊ねたあとで、言ったのだった。

「あのね、もう三年近く前のことよ。あの家に住んでいた家族が、あそこに帰れなくなってから……皆で海外旅行に出かけたのよ、日登美と、彼女のお父さんとお母さん。二週間ほどかけてヨーロッパを回るって。私、留守のあいだ、ジュディの世話を頼まれたの。おみやげにベルギーでおっきなダイヤモンドを買ってきてあげる、なんて日登美が、ほら、そこのカウンターの端っこの席でコーヒーを飲みながら冗談を言ったわ。にこにこ笑ってた。日登美って笑うと、ぺこっと頰に笑窪ができて、そりゃあ可愛かったの。でも、あのとき以来、彼女の笑顔は見ていない」

カウンターの端っこ——だれも坐っていない、その席のほうを見やって曜子はちいさく息をついた。それから、優喜に視線を戻し、

「仕事の都合で海外に行ってるっていうのは、嘘ってつもりじゃなかったけど、正確にいえば、ほんとうじゃないの」

迷路みたいな物言いをしたあとで、

「日登美たち、事故に遭ったのよ」と言った。

「旅行は無事に終えて、空港から家に向かう途中でね。日登美のお父さんが運転していたの、お母さんは助手席に乗っていて……ふたりは助からなかった。後部座席にいた日登美だけが、かろうじて命は取り留めたんだけど、ずっと意識がないの。からだの傷は完治しても、いっこうに目覚めない。だから、今も病院のベッドの上よ」

植物状態、という言葉が優喜の胸をよぎった。白いシーツの上の、しなやかな緑の茎。瑞々しい葉。そして、きれいな色の花。

クロエみたいに?

いや、クロエとは違う。小説の中の、あの女の子は覚醒したまま肺の中に睡蓮の蕾ができて、肉と皮膚を突き破って花が咲いたのだ。でも、それだって、まったく別の意味合いで、一種の植物状態と言えるんじゃないか、と優喜は思う。

そして、会ったこともない日登美ちゃんについて、なんの植物だろう、どんな花だろう、と、もしかしたら不謹慎ともいえるかもしれないことをぼんやり考えていたら、

「怒ってる?」窺うような目をして曜子が言った。

「怒る?　なんで?」

「だって、広瀬さんのこと、騙しちゃったみたいになったから。すくなくとも、そう思わ

れてもしようがないのかなって」

「そんなふうには思ってないよ」

あの家族はここにいないだけで、どこかにいる。いつか帰ってくる。そういうことにして、だれかに家を貸して、ジュディと一緒に暮らしてもらう——そのことを望んだのは、澄子さんなのだという。

「なんとなく、わかる気がするよ、あのおばあちゃんの気持ち」

「そう?」

「ジュディは知ってるのかな、なにもかも?」

曜子は首を傾げた。

「さあ、どうだろう? 知らないいんじゃない?」

犬だもの、わかんないわよ、とは彼女は言わなかった。そうではなく、

「だれも、あの子には言ってないもの。澄子さんも私も」と、つぶやいた。

言ったら最後、それがほんとうになりそうで?

「日登美のお父さんとお母さんのお葬式も、あの家じゃなくて、お寺で挙げたからね。ジュディは、ある日、どうしてか、急にいなくなっちゃった家族を……だれよりも仲良しだった日登美のことを、ずっと待っているんじゃないかな? 私たちがそう思いたいだけか

もしれないけど」

優喜が黙っていると、曜子は目を伏せ、付け加えた。

「日登美は、澄子さんの家の近くの病院に入院しているんだけどね、ジュディには、あなたに話したことと同じことを何度も言ってきかせたわ。日登美たちは外国で暮らしているの、あなたはお留守番を任されてるのよって。そう言っていると……なんていうのかな、気持ちがほっとするの」

わかる気がするよ、と優喜はうなずいた。

うなずいたものの、知らせるのと、知らせないのと、どちらがより残酷なことなんだろう——あの日から、ときおり、考えている。

俺がジュディだったら、知らずにいたいものだろうか、と。

知らずにいる、ということが、そもそも可能だろうか。

パジャマの上にパーカーを羽織(はお)って、優喜は顔も洗わずにキッチンへ行った。ガスストーブのスイッチを入れ、やかんを火にかける。コーヒーを淹れる支度をしながら、ひょいっとリビングルームを覗くと、ジュディは彼の定位置、つまり、モスグリーンのソファの上に寝そべっていたが、ちゃんと優喜の気配を感じたらしく、顔を上げた。目と目が合った。

「おはよう」声をかけたら、ぱたっ。

大きく一振り、尻尾が揺れた。

今日もいい天気だなあ。

窓から射しこんでくる陽の光が、まぶしい。

パジャマを着たまま、髪もくしゃくしゃ、寝起きのぼんやりした顔で、優喜くんはコーヒーを啜っている。うーん、いい香り。僕はソファから、とん、と降りて、庭に通じるガラス張りの引き戸の前へ移動した。

行儀よくお坐りをして、ねえ外に出たいよ、と優喜くんの顔を見上げ、無言で目で訴えたら、

「ああ」と低く声を洩らして、彼、ガラス戸を開けてくれた。

一緒に暮らしはじめて、半年近い。かなりコミュニケーションがスムーズになってきた

感じ。初対面の頃の、僕の勘は、やっぱり間違っていなかった。言葉なんて使わなくても、優喜くんは、僕の気持ちに寄り添って、僕がなにを望んでいるか、ちゃんと察してくれる。なかなか、こうはいかないよ。僕たち、相性がいいんだろうね。

庭に出たら、肉球に触れる土がひやっとつめたかった。口をぱくっと開けてみたら、息が白くもわんと広がった。冬だ、冬の朝。寒いのなんて、なんのその。きりっとした凛々しい空気が気持ちいい！　深呼吸したら、からだの中がすうっときれいになっていく気がしたよ。

僕、冬に生まれたんだ。

だからかな？　この季節が好きなのは。

こないだ、久しぶりに、おばあちゃんと会って、一緒に散歩したときも、

「ジュディ、もうすぐ誕生日ね」って。

「あなた、いくつになるんだっけ？」訊ねられて、ええと、僕、何歳になるの？　考えてみたけれど、わからなかった。だって、歳なんてさ、知ったこっちゃないよ。いちいち憶えていられない。正直なところを言えば、数をかぞえるのが苦手なんだ。

「十歳かな？　それとも、十一歳かしら」

おばあちゃんは、つぶやいた。それから、

「去年も、この時期に、こんな話をしたわよねえ？　ジュディ、あなたの歳のこと……いずれにしても、立派なお歳頃になったわよね」

立派なお歳頃――なんのことだろう？　って思っていたら、

「はじめて会ったとき、あなた、子犬だったけど、今はもう私より歳上かもしれないもの。びっくりしちゃうわよねえ」

おばあちゃんはくすっと笑った。

そういえば、いつか、どこかで聞いたことがあるよ。人間と犬とでは、時間の流れ方が違うんだって。犬に流れる時間のほうが、ずっとスピーディーなんだ。それこそ、びゅんびゅん！　だよ。人間で十歳、十一歳っていったら、まだほんの子どもでしょ？　でも、犬の場合、もう大人――大人どころか、うん、僕、おばあちゃんより歳上かもしれなくて、てことは、おじいちゃんってことなの？　うわあ。

いつのまに、そんなことになっていたの？　まさか！　って思うよ。僕は日登美ちゃんより若かったはずなのに、しばらく会えずにいるうちに、おじいちゃんになっちゃうなんてさ。

「はやかったわねえ、十年」と、おばあちゃんは言った。

うん、ほんと、ほんと、と僕は思った。

「あなた、どんどん賢くなって」

そう？　いやあ、まだまだ未熟で。

「共白髪ねえ、って言いたいところだけど、ジュディは毛が白くなったりはしないものね。あいかわらず、黄金色で、ふさふさで」

あははっ、はあ、はあ。僕は口を開けて笑った。

おばあちゃんと共白髪だったら、さぞかし素敵だろうと思ってさ。

あの日、僕たちはただもう再会が嬉しくて、すこぶる機嫌よく、足取りも軽かった。大好きなひとと過ごす時間は、文句なしさ。最高だよね。はじめのうち、おばあちゃんは、あれこれと僕に話しかけてきたけれど――やがて、なにも言わずにいることが心地よくなってきて、黙って一緒に風を感じた、木々の葉が揺れる音を聞いた、互いの足音に耳をすました。

そして、おばあちゃん、ふいに口笛を吹きはじめたんだ。僕にとっては、お馴染みのメロディだった。ミュージカル映画『オズの魔法使い』の中で、ドロシーたちが歌う曲だよ。日登美ちゃんもパパもママも、あの映画の大ファンだったからね、僕も子犬のときから何度も、お付き合いでＤＶＤを観たもんだよ。だから、どの曲も忘れようにも忘れられない。

もちろん、ストーリーも、ね——ドロシーって女の子が愛犬のトトと共に竜巻に巻きこまれ、オズの国に吹き飛ばされてしまうんだ。彼女はどうしても家へ帰りたくて、願い事を叶えてくれるという魔法使いに会うために、エメラルドシティへ向かう。旅の途中で知り合った臆病なライオン、ハートがないブリキの木こり、脳なしの案山子と一緒にね。ライオンは勇気、ブリキの木こりは心、案山子は頭脳が欲しくて、それをオズの魔法使いにお願いしようってわけさ。

ジュディって、僕の名前は映画の中でドロシーを演じたジュディ・ガーランドからもらったらしいけど、僕にとってのドロシーは——物語のヒロインは、日登美ちゃんなんだ。そして、僕自身は彼女の旅のお供をする愛犬のトトだったり、ライオンだったり、ブリキの木こりだったり、案山子だったり。映画を観るたびに、いろんなキャラクターに共感してた。

ああ。日登美ちゃん。どうして、僕たちは今、並んで歩いてないんだろう？　おばあちゃんの口笛を聞きながら、思ったよ。ドロシーは家に帰りたくてたまらなかった——日登美ちゃんも、同じ気持ちでいるんじゃないのかな？　でも、僕にできることは、ただじっと辛抱強く待つことだけなの？　日登美ちゃんに「待て」って言われれば、僕、ちゃんと待つことのできる犬だけどね。一時間だって、一日だって、一ヶ月だって、一年だって、僕は待つ。忠犬ハチ公は、ご主人さまを待って待って待ち続けて、ついに石になっちゃったんだっけ？　あれ？　違う？

僕も待ちくたびれて、石になっちゃったら困る。それでなくとも、犬って猫に比べたら、からだがかたいのに。黒猫のクロエなんて、とってもからだがやわらかいんだ。背中をくるんと丸くして、抱っこしてくれるひとの腕の中に、すっぽり収まることができる。ちょっと羨ましい。

なんてことを考えていたら、口笛を吹くのをやめて、

「長生きしなくちゃね、ジュディ」おばあちゃんが、ぽつっと言った。

「鶴千年、亀万年よ。人間や犬は、そんなに長くは生きられないけど、気持ちは強く持たなくちゃいけないわ」

変なこと言うなあ、と思って、おばあちゃんの横顔をちらっと見上げたら、ちょうど彼女も僕のほうへ視線を向けたところだった。なにか言いたげなまなざしだった。身を屈めて、おばあちゃんは僕を抱きしめた。

「ジュディ」耳元で囁いた。くすぐったかった。

笑いたかったよ。でも、おばあちゃんの声は悲しかった。

「ごめんね」って言ったんだ。

新しい「面白い！」をあなたに

祥伝社文庫30周年

祥伝社文庫

http://www.shodensha.co.jp/

祥伝社文庫
補充注文カード
帳合・貴店名

注文数　部

書名：公園通りのクロエ
発行所：祥伝社
著者：野中柊

9784396342517
ISBN978-4-396-34251-7
C0193 ¥650E
定価：本体650円＋税

TEL 03(3265)208
FAX 03(3265)978

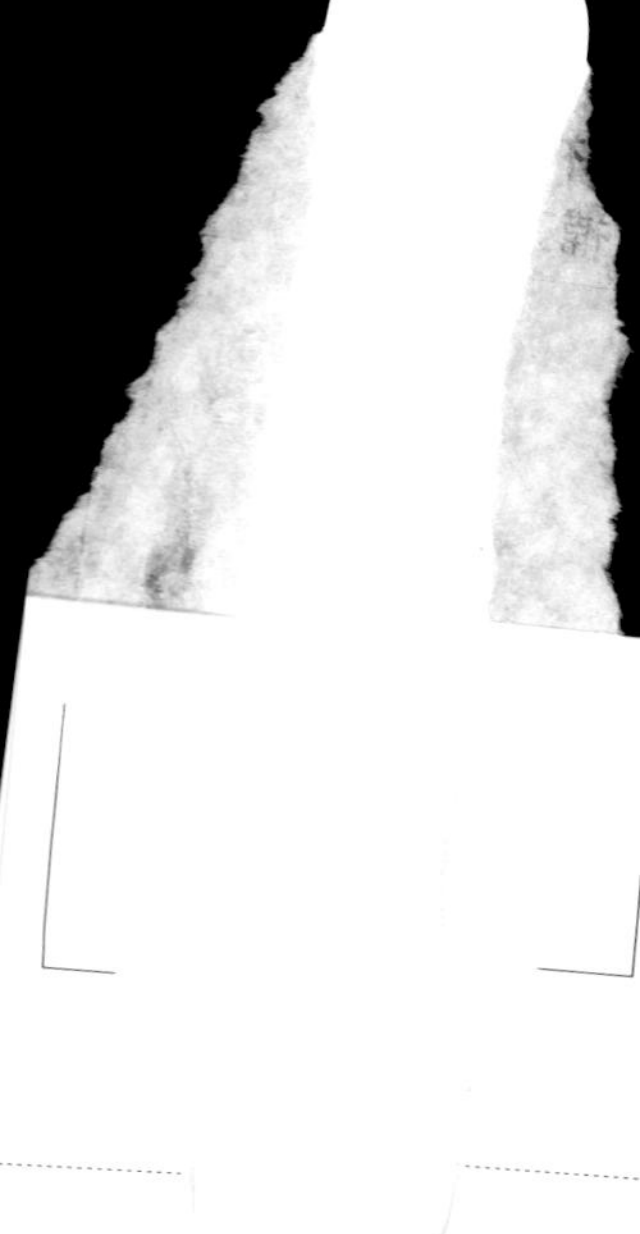

売上カード

祥伝社

東京都千代田区神田神保町3-3
〒101-8701 TEL(03)3265-2081 FAX(03)3265-9786（販売）

ISBN4-396-34251-9 C0193 ¥650E

公園通りのクロエ

祥伝社文庫

著者 野中柊

定価：本体650円＋税

「ジュディ、ごめんね」って。なぜ謝るの、おばあちゃん?

あれから、ずっと考えている。

おばあちゃん、もしかしたら——

僕に伝えたいことがあるんじゃないか。

冬の朝。青い空。庭に出て、つめたい空気を胸いっぱいに呼吸していると、頭の中がしんと静かになっていく。そして、ちょっと、こわくなる。静けさの中で、ほんとうのことを語る声が聞こえてきそうで——ほんとうのこと?　なんだろう、それ?

急に寒さが身に沁(し)みて、ぶるっ、震えたら、

「ジュディ」家の中から優喜くんの声。

「ごはん、ごはん、ごはんだぞ!」と呼んでいる。

やっほいっ!　いつもなら小躍(こおど)りして家の中へ駆けこむところだけれど、なんとなく、からだの奥がしくしく痛む。季節のせいかしら。でも、こんなの、はじめて。食欲?　なんだか、今ひとつ。

「ジュディ、どうした?　空なんて見上げて」

優喜くんが引き戸のそばに立って、こちらを窺うようにして、

「食べないのか」と言った。心配をかけちゃいけないから、僕はゆさっと尻尾を振って、

嬉しそうにしてみせた。

「へえ。これが」

「かっこいいじゃない」

「なるほどねえ。すごいな」

社内のスタッフが通りがかりに立ち止まって、作業台に置かれたものをしげしげと眺め、口々に栞に声をかけていく。その口調には驚きやら好奇心やら羨望やらがこもっているように聞こえる。それから――

「よくやるよなあ。頑張った、ていうか、けっこう無理したよねえ」とでも言いたげな、ちょっと呆れた感じも。

栞が手掛けたドールハウスの見本ができてきたのだ。木とガラスの家だ。建築家に図面を引いてもらい、インテリアデザイナーに家具調度を設えてもらっただけあって、ミニチユアながらも精巧な仕上がりだ。従来のドールハウスとは一味も二味も違う。

「よかったね、栞さん。いい感じだよ」

だれかが背後から、ぽん、と栞の肩を叩き、振り向くと、花ちゃんがにっこりしていた。彼女の場合、掛け値なしに賞賛と労いの気持ちをこめているようすだ。うん、と、うーん、のあいだの感じで声を洩らし、

「とにかく、まあ、ここまで来たよ」と栞は応えた。

やりたいことは実現させる、やろうと思えば、大方のことはやれるものよ、がモットーの社長の賛同を得たとはいえ、やはりリスキーな企画だったことは間違いない。手間もコストもかかる。需要はあるんだか、ないんだか、製作過程では予測するのがむずかしい。だれもが手軽に買える定価をつけるのは、どうしたって不可能——そんなドールハウスであればこそ、社内でいろいろもめた挙句、シリアルナンバーを付けての、限定販売ということになった。製造数は三千個で、価格は五万五千五百円。

とりあえず、ゴー！　ゴー！　ゴー！　なのだ。

「やっぱ、高いよねえ」栞がつぶやくと、

「玩具っていうよりアートだからね」と花ちゃんは言った。

「私はアートより玩具が作りたかったんだけど」

「そうだねえ……まあ、どっちでもいいじゃない？　ありがたがって飾っとくだけじゃなくて、大喜びで、これで遊んでくれるひと、きっといるよ」

「……ほんとにそう思う？　売れる、かなあ？」

「うん。だいじょうぶ。マニアの目に留まるって」花ちゃんは力強く言って、また栞の肩を軽やかに叩いた。ちょうど、そこへ社長もやって来て、

「ああ、見本、できてきたんだ？」腰を屈めて熱心に、あっちの角度、こっちの角度からドールハウスを覗きこむ。そして、溜息まじりで言った。

「シックねえ。うっとりしちゃう。私も、いつか、こんな家に住んでみたいわあ……でも、無理なんだろうなあ。がつっと宝くじ一等でも当たらないことにはね。そう考えたら、五万五千五百円、決して高くないんじゃない？　これ眺めて、こんな生活に憧れて、どんどん夢を育（はぐく）んで、ここで暮らしてる気分になれるんなら」

「そうですか？」

「うん。私は買う。洋服代と化粧品代、節約して買っちゃう。だって、ほんものの家を買うより、ずっと安いもん」

「そりゃそうですけど」栞が笑うと、

「そうだ、いいこと思いついた」社長は、ぱんっ、と両手を打ち合わせ、嬉々（きき）として、

「遠山さん、この家に合うサイズの人形も作って販売しちゃったら？　なんかこう、目がくりくりしたカワイコちゃんの人形とかじゃなくてさ、三十代、四十代の女性もすんなり感情移入できる感じの、さっぱりと凜々しい女の人形。んで、ワードローブもいろいろ揃えたら、楽しくない？　それから、男の人形もいくつか作ろうよ。若くてキュートな男や、知的で渋い壮年の男や、家庭的で穏やかで優しそうな男や……よりどりみどりよ」

なんですか、そのアイディア？　と思いつつ、

「それ、子ども向けじゃないですよね？」栞が言うと、

「そうね。大人向けっていうか……私向けね」

あはは、と笑いながら、パンプスの踵を鳴らして、大股で社長は去っていった。そういえば、たしか彼女は離婚経験のある独り身の女なのだった。

くすっと栞も笑って、あらためてドールハウスに目をやった。どんなかたちであれ、だれかが喜んでくれると思えば、作った甲斐があったというものだ。とりあえず、あの社長はほんとうに買ってくれるだろう。冬のボーナスで、栞も自分自身のために、ひとつ購入するつもりだった。

そう。社長が言っていたように、栞にとっても、この家は、いつか暮らしてみたい憧れの家なのだ——ドールハウスを作って、その夢をちいさいながらも現実のかたちにした。

せっかくだから写真を撮って、昼休みにふと思いついて、智恵にメールで送った。郷里の、古い友達だ。気に入った玩具ができたとき、ときおり彼女に写真を送る。さほど値が張らないものなら、智恵の五歳と三歳の子どもたちにプレゼントすることもある。

夜になったら、智恵から電話があった。

「メールありがとう。ドールハウス、素敵だね！」弾んだ声だった。

「でしょう？　ついに完成した。力作だよ」

はやめに就寝するつもりで、ちょうどパジャマに着替えたところだった栞はベッドに寝転がって、旧友とおしゃべりする態勢を取った。

「おめでとう。よかったね。なんか、たいへんそうだったもんね」

「うん。ちょっとね……」

「子どもたちにも写真を見せたら、これなあに？　って彩季が言うの」

彩季ちゃんというのは、智恵の上の娘だ。

「玩具の家だよって言っても、よくわかんないみたいだった。我が家とのギャップが大き過ぎて。ほら、うちはめちゃくちゃ所帯じみてるから。栞ちゃんが作った夢のおうちだよ、って言ったら、へえ、ママ、これ外国のおうちなの？　とか、東京にはこういうおうちがいっぱいあるの？　とか田舎くさいこと言うんだよ」陽気な調子で智恵は笑い、と、そのとき、ふいに子どもの声がした。

「ママー」と甘ったれた、ビスケットとかミルクの匂いがしそうな。

「あーあ、起きてきちゃった」智恵が言う。「せっかく、さっき、やっと寝かしつけたのに」と半分、独り言のように。

「電話、切ろうか」栞が訊ねたら、

「じゃあ、またかけ直す。ごめん！」

手にした電話から音が消えた。栞は裸足でキッチンスペースへ行き、冷蔵庫からミルクを取り出してグラスに注いだ。流しの上の青白い明かりのもとで、こくっ、こくっと喉を鳴らして飲みながら――夜には、ちいさな音ほどよく響く――何度か遊びに行ったことのある智恵の家を思い浮かべる。ちいさな庭つきの建売で、玄関先にカラフルな三輪車があった。リビングルームの片隅には人形や縫いぐるみ、積木がごちゃごちゃと置いてあった。雨の日には子どもの衣類や下着が部屋干しにしてあって、洗剤の匂いのする、湿った空気がむうっと流れていた。

すこぶる現実的な女友達の家――でも、あれも、私にとっては、夢の家だなあ。そんなふうに、栞はぼんやりと考えた。

結婚して、子どもを産んで――ごく当たり前のことのはずなのに。

流しのステンレスの上に空になったグラスを置いたら、ことん。ひどく淋しい音がして、どこかの病院でずっと、ずっと、ひとりぼっちで眠っている女の子のことを思わずにはいられなくなった。

日登美ちゃん、一度も会ったことのないひとだけれど。

彼女は家族と一緒に海の向こうの国で暮らしていると信じていただけに——いや、信じようとしていたものの、正直なところをいえば、心のどこかで、なにかおかしい、と感じていた。それにしても——曜子の打ち明け話は衝撃だった。栞にとっては、まったく関係のない他人のことだ、忘れてしまっていいはずなのだが、ふとしたときに胸をよぎる。目を閉じると、ベッドに横たわった彼女の姿が見えるような気さえする。どことも知れない闇の中を進んでいって、日登美ちゃんの枕もとに立ち、そっと肩を揺さぶり、お願い、起きて、と言いたいような。

日登美ちゃん、ねえ、起きなくちゃ。

だって、ジュディが待っているのよ。

みゃあ。か細い声がしたと思ったら、いつのまにかクロエが足元にいて、栞の脹脛（ふくらはぎ）に、からだを擦りつけた。闇夜の色の猫。

ひょいと屈んで抱き上げて、

「クロエ。あんたもミルクが欲しいの？」

猫の頬に、自分の頬を押し付けると、ぴんと伸びた髭がちくっとする。

「みゃあ？　クロエ、みゃあ？」

鳴き真似をしたら、クロエはそれに応えるみたいに、みゃあああ、と間延びした声を上げた。猫を抱いたままベッドに戻ると、ちょうどまた着信音が鳴りだして、もちろん智恵からだろう、と慌てて片手で電話を取り上げ、画面を見ることもせず耳に当て、

「もしもし？」と応えると、

「もしもし……栞？」思いがけず、低い、男の声がした。

あれ？　いつもと違う。そう思ったの。

栞ちゃんが、あたしを腕に抱いて、だれかと電話で話すのは、めずらしいことじゃないんだけど、なんだろうなあ。彼女の声の調子かな？　息遣いかな？　あれ？　って感じだ

ったのよ。だから、あたし、普段よりずっと注意深くならずにはいられなかった。

「……え？　常盤くん？」そう言ったあと、栞ちゃんのからだ全体が熱を帯びたようだった。あたし、彼女の胸に頬を押し当てていたんだけれど、鼓動もはやくなった、それはたしかよ。

常盤くんって、だれ？　何者？　そんな名前、初耳だった。彼の言うことも聞きとらなくちゃ、と思ったから、じっと耳をそばだてたわ。

「ご無沙汰してました」って彼は言った。

「こちらこそ。ご無沙汰してました」栞ちゃんの声は戸惑いに満ちて、ぎこちなく、かたくなっていた。

「ごめん、急に電話しちゃって……ていうか、ナンバー変えてないんだね。もしかしたら、この番号にかけても、栞につながらないかもしれないなあ、とも思ったんだけど」

「ナンバー？　べつに変える理由なんてないから変えてないけど」栞ちゃんは、ちょっとばかり、むっとしたらしい言い方をしたわ。

「そっか。そうだよね」

それから、ふたりとも黙っちゃった。変なの。あたしまで息苦しくなりかかったんだけど、どちらも電話を切ろうとはせず、

「今、しゃべってていいの?」常盤くんが遠慮がちに言った。

「……うん」と答えた栞ちゃんの声は、今度は妙にしおらしくて、それに乗じて、というの?　常盤くんは心のやわらかいところにぐっと迫ってくる感じで、

「寝てたってことない?　栞、わりと早寝だろ?」

「起きてた」

「ひとり?」

「うん。ひとり……ていうか、膝の上に猫がいるけど」

「へえ、猫?」常盤くんが笑った。

見上げると、栞ちゃんの口元にもちっちゃな笑みが漂っていた。あたしのおかげね。猫って場を和ませるのよね。

栞ちゃんは、あたしの背中を撫でながら、

「常盤くん、どこにいるの?」

「東京にいるよ」

「帰ってきたんだ、いつ?」

「半年くらい前かな……いや、正確に言うと、八ヶ月になるか」

「へえ。そんなに前?」

あたしの尻尾のあたりで、栞ちゃんの手がぴたっと止まった。また見上げたら、眉間にうっすらと皺が寄っていたわ。

「じゃあ、一時帰国とかじゃないの?」

「うん。もうあっちは引き揚げてきたんだ」

「え。どうして。シカゴ、気に入ってたんじゃないの? 骨を埋める覚悟だって、言ってなかったっけ。で、今、東京でなにしてるの?」

栞ちゃんにしてはめずらしく語気が荒くなって、なんだか、責めるみたいな口調だった。気圧されたのか、常盤くんが黙っちゃったら、

「……ごめん、私がとやかく言うことじゃないよね」って栞ちゃんったら、急に打ちしおれたような、元気のない声で言った。

なんなの、いったい? 栞ちゃん、情緒不安定になってる。彼女と一緒に暮らして二年以上になるけれど、こんなこと、これまで一度だってなかった。あたしが栞ちゃんのルームメイトになる前に、この常盤くんってひとと、なにがあったのかしら——まあ、察するに色恋沙汰よねえ?

あたしの知る限りでは、栞ちゃん、男っ気がまったくないようすだったから、だ、だ、だいじょうぶなの? 同居猫としては心配でもあり、大いに気が揉めるところでもあった

んだけど、よかった、とりあえず、なあんにもないひとではなかったわけね。

さらに耳をぴんと立てて、一言たりとも聞き逃すまいとしていたら、

「うん。いや、思ったこと、遠慮なく、なんでも言ってよ」と常盤くん。「構わないよ。はっきりなにか言われて耳が痛いとか思ったら、栞には電話なんてできないから。俺、あっちでいろいろあって、もう無理だって思って帰ってきたんだよ。話すと長くなるから、あれだけど」

「あれって?」

「いや、あの、だからさ、夜遅いし。いずれ、ゆっくり話すよ。こっちに帰ってきてからは、しばらく休んでたんだけど、今は先輩の設計事務所で働いてるんだ。この頃、なんとか落ち着いてきたから、やっと栞に電話する気持ちになれた。今度、時間のあるとき、会えないかな?」

栞ちゃんの鼓動がまたはやくなった――あたしの気のせいじゃないと思う。

うん、って言って。いいよ、会いましょう、って言って。

ねえ、栞ちゃん、なぜ応えないのよ? だんまりを決めこんでる場合じゃないでしょう。ふたりのあいだに、なにがあったか、あたしは知らないけど、いいじゃないの、会うだけ会おうよ。

みゃあ！　あたしは、やきもきするあまり、思わず大きな声を上げちゃったの。そしたら、またしても場の緊張感が緩んで――あたしは、それを狙って、わざとやったわけじゃなかったんだけど――常盤くんが笑った。

「どうしたの、猫。なんか叫んでなかった？」

栞ちゃんも笑って、あたしの耳元をくすぐった。

「叫んだ。変な子だよね」

「どんな猫なの？」

「黒猫。女の子。クロエっていうの」そう言ってしまってから、なぜなのかしら？　栞ちゃんは失言を取り戻そうとするみたいに、とっさに口を片手で覆った。

「……へえ、クロエ？」常盤くんの声がぱっと精彩を帯びたみたいだった。でも、栞ちゃんは指先を唇に当てたまま。ちょっと顔色を失っている。クロエって名前が、ふたりにとっては、なにかの暗号なのかしら？

「会おうよ。いつがいい？」俄然、常盤くんは押しが強くなった。

いいぞ、いいぞ、と、あたしは思った。

でも、栞ちゃんは一拍置いて、こう答えた。

「わかんないよ」

なんで、わかんないのよ？　いらっとしちゃうなあ。だから、また声高に鳴いてみたわ。みゃあ。みゃあ。それっ、もう一声。みゃあ！

「クロエがなにか言ってるよ。なんだって？」と笑いながら、常盤くん。

栞ちゃんはもう笑わなかったけれど、溜息まじりで、

「じゃあ、今度の週末はどう？」って言った。

やったー。うふ。そうこなくっちゃね。

会う日取りやら待ち合わせ場所が決まったところで、栞ちゃんは電話を切って——ぼうっと、もの思いに耽っていた。なにを考えているんだろうなあ？　彼女の胸に頬をぐいぐい押し当ててみたけれど、心の声は聞こえてこない。でも、鼓動はさっきより穏やかになっていたわ。

よしっ。もう寝ようよ、栞ちゃん。週末はデートなんだから、夜更かしは禁物、たっぷりビューティースリープを取らなくちゃね。そう促す意味をこめて、あたしは彼女の膝から降りて、枕元へ移動したの。そしたら、またしても着信音が鳴りだした。だれよ？　常盤くん、ふたたび？

「もしもし？　ああ、智恵？」

なあんだ、智恵ちゃんか、と思ったものの、あたしは栞ちゃんの脇にちょこんと坐っ

て、一応、会話を聞くことにした。

「さっきは、話の途中で、ごめん。やっと、ちびを寝かしつけたよ」

「うん、いいの。それよりさ、ねえ、今、常盤くんから電話があった」

「えーっ。常盤くんって、あの常盤くんだよね？」

「うん。今、東京にいるんだって。会おうって言われた」

「えーっ。なんで今さら？　栞、断ったんでしょ？」

「いや、それが……」

「えーっ。会うことにしちゃったの？」

智恵ちゃんったら、「えーっ」の三連発。お酒でも入ってるんじゃないかと疑いたくなるくらい、妙にテンションが高い。やっぱり色恋の話だと、盛り上がるんだなあ。

それから、しばらく、ふたりのやり取りを聞いていてわかったことは——常盤くんは、栞ちゃんが大学時代に出会って恋をした相手で、一時は結婚話も出ていたんだけれど、彼がシカゴの大学の建築学科に留学することになって、離ればなれになってしまった、とか。遠距離恋愛時代も長かったものの、いろいろあった挙句、別れるに至った、とか。

どうやら、智恵ちゃんは彼らの付き合いはじめから破局のときまで、そりゃあもう、いっぱい打ち明け話を聞かされてきたらしいの。

「でもさ、なんか不思議だよね」と智恵ちゃんが言った。

「栞のドールハウスができてきた日に、常盤くんから久しぶりに電話がくるなんて。いい感じの偶然じゃない？」

7

まさか、俺、去勢(きょせい)されちゃったんじゃないだろうな?――そんなことを、優喜がふと思ったのは、チェーンの牛丼屋で、夕食に大盛りの白髪ねぎ牛丼をかきこむようにして食べているときだった。それまで、なにか考えていたつもりはなかった。引越屋の仕事でフルにからだを動かしたあとだったから、疲労感と空腹感で、むしろ頭はぼんやりしていた。

去勢? もう一度、胸のうちで、その言葉を繰り返すと、よく嚙(か)まずに飲みこもうとした牛肉がつかえそうになったので、慌ててコーラのグラスを口に運んだ。炭酸が喉にびりっとして、今度はむせ返りそうになり、自分の狼狽(ろうばい)ぶりにちょっと笑い出したいような気分になる。

なぜ、唐突に去勢などと思ったかといえば、おそらく、その日、請け負った引越がすこしばかり珍妙――いや、複雑、というべきか――だったせいだろう。

トラックを二台出して、荷物を積んだあと、それぞれが別々の住居へ向かうことになっていた。優喜と同じトラックに乗りこんだ相棒が、

「これから行く家さ、離婚らしいよ」と言った。

「べつに離婚なんてめずらしくもないけど、今回のケースが変わってるのは、その元夫婦が、せーの！　で同じ日に引越をするってことなんだよなあ。普通だったら、片方が家を出ていっても、もう片方はそこに留まって住み続けるとか、ふたりとも出ていくにしてもさ、引越の日取りはべつにするとかだろ？　それでなくても引越なんてがちゃがちゃしてんのにさ、別れる男女がどっちもその場にいて、この荷物はこっちだ、あの荷物はあっちだって、指示を出してくるのかと思うと、鬱陶しくねえ？」

「はあ。そのひとたち若いの？　年寄？　円満離婚なのかなあ？　それとも、険悪離婚？」と優喜は訊ねたのだったが、

「それは見てのお楽しみ」相棒はその科白とは裏腹にだるそうな口調で言って、実際に現地に行ってみたら、今日を限りに別々の生活を送ろうとしている男女は、ちょうど優喜と同じ歳頃のようだった。

部屋や廊下のあちこちに積み上げられた段ボール箱には、緑のサインペンで、タロー、

と書かれたものと、赤のサインペンで、ハナコ、と書かれたものがあって——ふたりの名前は、タローとハナコではないのだが——「言うまでもないでしょうけど、私の荷物はハナコのほうだから、間違えないように運んでくださいね」と、ジャージ姿の女がにこやかに言った。冬なのに短パン姿の男も、その脇で生真面目な顔でうなずいた。

そして、ふたりはまるで透明人間みたいに、互いの姿が見えていないかのように振舞っていた。目も合わせなければ、口も利かなかった。険悪な空気さえ流れようのない徹底した黙殺を決めこんでいて、

「おいおい、すげーな、タローとハナコ」作業の合間に、相棒がこそっと笑いながら囁いたけれど、優喜がとうてい笑う気持ちになれなかったのは、響子と別れる際の、ひとりぼっちの引越を生々しく思い出さずにはいられなかったからだ。ふたりで暮らしたマンションから出ていく日、響子は「じゃあね」と一言つぶやき——それが優喜が耳にした最後の、彼女の声となったのだが——無表情な背中を向けて、どこかへ行ってしまったのだった。もっとも、相棒に言わせれば、それが男女の普通の別れ方というものなのだろう。

優喜と相棒は、タローの引越の担当だったから、緑のサインペンで印のつけられた段ボール箱をせっせと運んでいたのだが、その途中で、冷蔵庫や洗濯機、ＴＶなどの家電、食器棚や本棚など大きな家具についてはハナコの新居に引き取られると聞かされ、「女はや

っぱり欲深いね」と相棒がまたしても忍び笑いを洩らしつつ囁くのに、今度は優喜もうなずいていたら、

「ベッドは、俺のほうに運んでくれよ」と声高にタローが言った。

奥の部屋に、そのベッドはあった。

「ダブルベッドかあ……」と相棒。

これは、私、いらないわ、とハナコが言ったのだろうことは容易に想像がつく。じゃあ、俺が引き取るよ、とタローが応え、こいつ、このベッドをほかの女とも使う気なのかしら、無神経ねえ、こういう男だから嫌なのよ、とハナコは心の中で毒づいたかもしれない――そう優喜が考えたのは穿（うが）ち過ぎというものか。

まずはマットを先に運び出し、それから、ヘッドボードを外し、相棒と一緒にベッドの枠を持ち上げたら、毎回引越のたびに経験することではあったけれど、普段、掃除の行き届かないその場所には、もわっと灰色の綿埃（わたぼこり）が積もっていて、これを集めたら、まるまる太ったネズミが三匹くらいできそうだ、と思った次の瞬間、優喜が目の端でとらえたのは――

あれ？　萎（しぼ）んだ風船？

いや、違う。

古びたゴム製品であることは同じだが、風船とは似て非なるもの。それがなんだか、わかってしまうと、どうしようもなく、しょんぼりした気分になってしまったのだけれど——年月を経てひからびたコンドームだった。相棒も目敏くそれを見つけたらしく、「あー」と間延びした声を出し、うんざりしたようすで首を横に振り、そのまま、ふたりとも、そんなものは見なかったことにした。

つゆのよく滲みた牛肉を噛みしめつつ、男女の別れってやつは——と考えようとして、その先が続かず、もう一度、

「去勢されちゃったのかな、俺？」胸のうちでつぶやいてみた。

あの萎れきったコンドームを目にしたことで、去勢、なんて言葉が心の表層に浮かび上がってきたのだろうが、実際、ここしばらくセックスをしていない。欲望を感じているやらいないやら、わかんなくなっちゃったなあ、と思う。生身の女の子と関わるのは面倒だもんなあ、女って豹変する瞬間があってこわいし、と怠惰で萎縮した気持ちになってしまう。

帰宅途中でコンビニに寄って缶ビールを買い、

「ただいま！」玄関先で声を張り上げると、リビングルームのほうから、かつかつかつかつ床に爪が当たる音をさせて、ジュディが優喜を出迎えた。

「おかえり、おかえり、おつかれさま」とでも言っているかのように、温かいからだをぶつけてくる。優喜の手に湿った鼻先を押し付けてくる。

犬はいいね、犬はいい、悪意というものがない――そう胸のうちでつぶやきながら、熱いシャワーを浴びて、清潔な衣類に着替え、

「おい、散歩に行かなくちゃな」

後ろをついてくるジュディに話しかけながら、ベッドルームへ行き――優喜が使っているのは、日登美ちゃんの亡くなった両親の寝室だ――木綿のカバーのかかった羽根布団の上に身を投げ出した。からだを横にした途端に、くにゃっと力が抜け、睡魔が襲ってきた。眠い、たまらなく眠い、ジュディを散歩に連れていかなければならないのに。

闇の中にからだがゆっくりと落下していく感覚を振り払おうにも振り払えずにいるうちに、ふと、このベッドの下にも、なにかが転がっているんじゃないか、その気配を感じてしまう。

この世界の、ありとあらゆるベッドの下に、夢の残骸のようなものが、だれの目にも触れずに、ひっそりと息づいているんじゃないか、と。

優喜くんの頭、みょうちきりんなことになっている。それでなくても癖っ毛なのに、シャワーを浴びて、髪も乾かさずにそのまま眠っちゃったから。でも、彼の律儀で偉いところは真夜中近くに目を覚まして、だいじょうぶ？　寝ぼけてるんじゃないの？　てな状態でも、

「おいおい。今、何時だよ？　ジュディ、行くぞ」

ちゃんと僕を散歩に連れ出してくれたってことなんだ。

　こないだまで、公園は銀杏（いちょう）の葉の黄色に彩られて、その鮮やかさにうっとりせずにはいられない景観だったんだけど、今は蝶々みたいな葉っぱも散っちゃった。銀杏だけじゃないよ、潔（いさぎよ）くすっきり裸ん坊になった木々が多い。いろんなかたち、さまざまな色の落ち葉を踏みしだいて歩いていると、足元から、芳ばしい匂いが立ち上ってくる。

　かさかさ、かさかさ、いい音もする。

なんかさ、正直なところ、僕、ここのところ、からだがだるいっていうか、疲れやすいっていうか、寝起きがわるいっていうか、どうしちゃったんだろうね？　いっそ冬眠しちゃいたいなあ、なんて思うこともあるんだけど、こうして散歩に出てくると、ああ、やっぱり楽しいよねえ。

優喜くんは寒いせいか、いつもより足早に進んでいく。

と思ったら、急に立ち止まって、

「あれっ？」と声を上げた。

なに？　どうしたの？　僕も歩みを止めて、彼のまなざしの先を目で追ったら、木立の向こうの広場にイルミネーションが輝いていた。そっか、もうその季節になったんだもんね。僕にとっては、毎年恒例の見慣れた風景だけど、優喜くんは目を丸くしている。

「へえ。この公園、クリスマスツリーを飾るのかあ」

うん、そうなんだよ。広場の大きな樅の木に、たっくさん青い明かりを点けるんだ。そのほかには、ごちゃごちゃしたデコレーションは一切なし。シンプルだけど、すごくきれい。どうだい、優喜くん、気に入ったかい？

「ちょっと、いい感じだよなあ。そう思わないか、ジュディ？」

ついさっきまで疲れの抜けきらない顔をしていたのに、クリスマスツリーの威力だね、優喜くん、ぱっと表情を明るくして、広場に向かって進んでいく。いやあ、喜んでもらえてよかったよ——なんて、僕のツリーってわけじゃないけどさ。

そして、間近に来て気づいたんだ。ベンチに坐って、ツリーを眺めているひとがいることに。なんと、栞ちゃんだった。おまけに、よくよく見れば、彼女の腕の中に、ちょこんとクロエが抱かれているじゃないの！　赤い毛糸のショールにすっぽりと包まれて、そこから顔だけ出している。僕、つい駆け出しちゃったね。こんな時間に会えるとは思ってなかったもん。

「なんだよ、ジュディ」って言ったあと、優喜くんもようやく、そこにいるのが栞ちゃんとクロエだと気づいたらしく、

「へえ。あのふたりだ……」とつぶやいた。それから、咳払いをして、

「こんばんは」すこしばかり、気取った声。

ぼんやりツリーを見上げていた栞ちゃんは、突然、声をかけられてびくっとしたみたい。でも、僕が、うぉん！　と挨拶したら、

「あ。ジュディ」嬉しそうな顔になった。

クロエも、月の瞳で僕を見た。ほら、彼女は猫だからさ、気さくに笑いかけてはくれないけど、情のこもった表情をしていたと思うよ。

ずいぶんと夜も更けたっていうのに、ときおり、ランニングをしているひとが舗道を通り過ぎていく。ひたひた、ひたひた、足音を響かせて。

「こんばんは」微笑んで、栞ちゃんが言った。

「寒くなりましたね」

「いやあ、ほんと」

「ジュディの散歩なの？」

「うん。そっちこそ、猫の散歩？」

優喜くんの問いに、栞ちゃんは笑った。

「散歩とはいえないかな。クロエ、首輪も嫌がるような子だから、ハーネスを装着して歩かせるなんて無理だもん」

「ハーネスって？」

「ええと、胴輪(どうわ)っていうの？」

「ああ。あれか。たまにいるよね、あの窮屈(きゅうくつ)そうなやつ、猫に付けて散歩させるひと。でも、あんなの、クロエにはぜったい似合わないよなあ。猫は自由で気ままで、我儘でなくっちゃ」

うん、うん。僕もそう思う。

「猫は飼い慣らされちゃったら猫じゃないよね」うなずきながら、栞ちゃんは言って、ベンチの空いているスペースを、とんとん、指先で叩き、坐る？　問いかける目で優喜くんを見上げた。そして、彼が腰を下ろすか下ろさないかのうちに、ちょっと熱っぽい調子で続けた。

「私、ほんとうのことを言えば、クロエのこと、ちっぽけなマンションの部屋に閉じこめておくのも嫌なの。この子の気が向いたときには、いつでも外に出かけられるようにしてあげたい。できれば、一軒家で庭があって、猫たちが……うちの子も、よその子も、好きなときに出入りできる状態が望ましいなあ」

「……ああ、そういう家、あるよね」

「うん。羨ましい。でも、正直なところ、私、庭付きの一軒家に住んでいたとしても、やっぱり猫の出入りを自由にすることなんて、できないかもしれないけど。気がちいさいんだな、不安になっちゃうと思う」

「まあねえ、外は危険がいっぱいだもんなあ。そういえばさ、立川くんって憶えてる？　俺の友達で、ほら、以前、カフェ・ルーティーンで会ったじゃない？　彼の実家、常時、猫が八匹も九匹もいるって話だよ」

「え、そうなの？」

「うん。立川くんのおふくろさん、身寄りのない猫を見つけると、放っておけないタイプらしい。連れてきた猫たちは、ペットクリニックで避妊・去勢の手術やワクチン注射は受けさせるけど、あとは好き放題させてるから、やんちゃで荒っぽくて、畳や障子、襖、ソファやカーテンや絨毯も思いっきり引っかかれて、ぼろ家がますますぼろぼろだってさ」

栞ちゃんは笑って、

「へえ。パラダイスじゃないの」まんざら皮肉でもないようすで言った。

「まあね、幸せな猫たちだよなあ。外に出すと、交通事故に遭う子もいれば、わるい病気をもらってきちゃう子もいる。猫同士の喧嘩で大怪我を負う子も、ふらっと旅に出たまま帰らない子もいる。家の中だけで暮らしている猫より早死にする場合も多いけど、野性味を失って、妙におとなしくなっちゃうよりいいじゃないかって、いつか立川くん、言ってたよ」

栞ちゃんの腕の中で、クロエも優喜くんの話に熱心に聞き入ってるみたいだ——彼に背を向けて、関心のなさそうな、すました顔をしているけれど、尖った耳が、ときどき微妙に動く。なにやら嬉しそうに、目をきゅっと細めるところも、僕は見た。

「それにしても、クリスマスツリー、きれいだなあ」

「うん。こんなところに、ぽつん、とあって、だあれにも注目されていない感じもいいよね。私、どうしても、クロエにも見せたいと思ったんだ。だから、思いきって連れてきたの。キャリーバッグに入れずに、ショールで巻いて、あったかくして抱っこして公園に行くから、ぜったいに逃げ出しちゃだめだよって言い聞かせて」

よかったね、クロエ。どう、気に入った？　そう訊ねたくて、尻尾で舗道のアスファルトをぱたぱたっと叩いたら、彼女、薄く口を開けて、みゃあって言った――僕の大好きな、虹色の絹糸みたいな声。

ぶるぶるって栞ちゃんが震えたのは、そのときだ。

「うう。さむう！　お尻から凍えそう」

「いつからいたの？　もう行く？」

「うん。散歩しようよ」

「え。散歩？」優喜くんはぽかんとした顔をしたけれど、

「だって、あなた、散歩に来たんでしょ、ジュディの？　私たちもご一緒するよ。どしどし歩いたら、からだも温まるんじゃない？」

猫の野性味についてしゃべったせいかな、なんだか、栞ちゃん、いつもよりずっと元気で勢いがある。いい感じだよ、そうこなくっちゃね！

てなわけで、僕たちは歩き出した。ずんずん早足で。僕の頭の中では、トルコ行進曲が

鳴り響いていた。クリスマスシーズンなんだから、もっと季節柄にふさわしい音楽がありそうなものだけど、今夜の栞ちゃんの雰囲気は、これだよ、この曲。軽やかで陽気な二拍子。

ここのところ、なんだろう、体調がいまいちかな、なんて感じていたのが嘘みたい。走っていい？　ねえ、走っていい？　同行者より先んずるのは、犬の散歩のマナーに反するのは知っているけれど、どうにも我慢ができない。僕は後ろ肢で、ぱん、とアスファルトを蹴って、前へ前へと進んだ。リードがめいっぱい、ぴん、と伸びた。

「おいおい、ジュディ」僕の背後で、優喜くんの呆れ声。

でも、栞ちゃんも駆け出して、すぐに僕に追いつき、追い越した。クロエを抱っこしていても、軽々とした足取りで。

よし、負けるもんかっ。

僕がスピードアップしたら、リードを引っ張られた優喜くんも走り出した。

「なんで走んなくちゃなんないんだよ、こんな夜中に」だるそうに言いながらも、さすが男の子、ストロークが大きい！　たちまち僕たちに追いついた。

そして、結局は栞ちゃんのペースに合わせて、優喜くんと僕は走ることになったんだ。

つまり、本気の速さじゃないってこと。だけど、ちょっとしたエクササイズとしては、ちようどいい。僕の耳が上下にリズミカルに揺れる。鼻の頭につめたい空気が爽快だ。

「だんだん温まってきたね」栞ちゃんが言った。

「なんか、走ったのって久しぶりよ。スニーカー履いてきてよかったな」

夜の公園に響く、僕たちの足音──弾んでいる。

いつまでも、どこまでも、このまま走り続けて、ふと気づいたら空は朝焼けに染まっていて、ねえ、ちょっと一休みする？　そう優喜くんが言って、二十四時間営業のファミリーレストランでパンケーキの朝ごはんを、皆でそろって食べることができたらいいのになあ。

そんなことを、ぼんやり夢見ていたら、

「ねえ、ちょっと寄っていく？」優喜くんが言った。

なんと！　ファミレスに？　一瞬、空耳かと思ったよ。だけど、そうじゃなかった。栞ちゃんの伴走者といったペースでゆったりと進みつつ、彼、さらに言ったんだ。

「そういえば、こいつの家」と僕のほうを指差して、

「庭付きの一軒家なんだよ。ていうか、そのへんのこと、俺が言うまでもなく、栞さん、知ってると思うけど……いろいろ、カフェ・ルーティーンで聞いたよね？　よかったら、ちょっと寄ってく？」

どういうつもりで——もちろん、そのことは栞も考えないではなかった。でも、余計なことはなにも問わずに、すんなりとここへ来てしまったのは、優喜の誘い方が好ましかったからだ。声も、言葉も、表情も。

どうぞ、と通されたリビングルームの、毛羽(けば)立ったモスグリーンのソファに腰かけ、栞は部屋の中を見回した。床のあちこちにはCDや雑誌が積まれ、テーブルの上には画材が散乱しているものの、その雑然とした感じがほどよい気がした。そして、「こいつの家」という優喜の言い方に寄り添えば、この家の主(あるじ)なのであろう飴色の犬は、彼女の傍らに寝そべって、すこぶる心地よさそうに寛(くつろ)いでいる。

「なに飲む？　コーヒー、紅茶？」キッチンから優喜の声がして、

「なにか、カフェイン抜きのものある？　眠れなくなると困るから」

「じゃあ、ビール？」

「アルコールも抜きのもの。ていうか、おかまいなくね」

返事はなかったけれど、戸棚を開け閉めしているらしい、ばたん、ばたん。氷がガラスに当たる、からん、からん。一連のにぎやかな音のあとで、

「これでいい？」と言いながら、優喜が発泡性の透き通った飲み物を注いだグラスを両手に戻ってきた。

「ノーカフェインティーとか、ハーブティーとか、そういう洒落たもの、ないからさ。プレーンソーダ」

「うん。ありがとう」

つめたい風に吹かれて走ったあとで、暖房を入れたばかりの部屋で、これまたつめたいプレーンソーダを飲む。なにしてるんだろう、私？　と栞は思わないでもないけれど、膝の上に抱いた猫もおとなしく微睡(まどろ)んでいて、はじめて、この家を訪れたわけではないような――やわらかいデジャヴュに手足をからめとられて、二度と、カウチから立ち上がれないんじゃないか――そんな気さえしてくる。

「いい家ね」と栞は言った。

「うん。なんか、独特の居心地のよさがあるんだよね」優喜は床にじかに腰をおろして、プレーンソーダを半分ほど一気に飲んだあとで言った。

「広瀬さんの、散らかし方もいい感じ」

「え。散らかし方……」あたりをきょろきょろ見回して、

「散らかってるかな」

「うん。でも、褒めてるの。なんか、人柄が出ている気がする」

「へえ?」優喜は照れくさそうに笑った。そして、猫のほうにまなざしを向けて言った。

「ずっと抱っこしてると、疲れない? クロエ、放してあげたら?」

「いい? たぶん、わるさはしないと思うの」

栞の膝からソファへと移された猫は、四肢を踏ん張った格好で、ぐぐうっと伸びをした。ひゅうっと長い尻尾をゆうらり揺らす。それから、とん! 床に降りて、部屋の中を歩きはじめた。栞も立ち上がって、テーブルの前へ行き、画材のあれこれを見やった。

「すごいね。あなた、絵を描くひとなんだもんね?」

「べつに、すごくはないけど、まあ、描いてるよ」そう言いながら、優喜も栞の隣に立った。

「アクリル絵の具を使うの?」

「うん。美大時代は油もやったけど、俺の場合、アクリルの質感のほうが性に合うみたい。さらっとした色合いが好きなんだな。吹けば飛ぶような絵が描きたいんだ」

「吹けば飛ぶような？」

「そう。俺の作品について、もう何年も前だけど、だれかに言われたことがあるんだ、広瀬くんの作品って吹けば飛ぶような感じだなって。もちろん、褒め言葉じゃなかった。そのひと、俺の絵を軽んじてそう言ったんだと思う。でも、俺、むかっときた反面、それ、いいじゃん！　って気持ちになったんだ。怯まずに、そこを、どんどん極めていったら、自分でも納得のいく絵が描けるかもしれないって。目指すは透明な羽が生えてるみたいな作品だよ」

栞は、テーブルの上の、おそらく未完成の絵を眺めた。淡い色で、遠近感の稀薄な海辺の情景が描かれてある。ボーダー柄の水着を身に着け、麦わら帽子をかぶった女と、ちいさな男の子が砂浜で遊んでいる。無国籍な印象だった。そして、なにかが決定的に欠けている。なんだろう。それはこの先、描かれようとしているのか、もしくは、あえて描かれないまま、観る者に手渡されようとしているのか。

「面白い画風ね」栞は心惹かれつつも、ほかに言葉が見つからなくて、そう言った。優喜はちょっと肩をすくめた。

「言ったっけ？　私、玩具を作る会社に勤めてるの」

「うん。なんか、聞いたよ。楽しそうだよね」

「そうね。ちゃんと手順さえ踏めば、わりと好きなことさせてもらえる。そこがうちの会社のいいところかも」

いつか、一緒に仕事をしたい――そんな思いが栞の胸をよぎったけれど、それなら、きちんと企画書を作って、日をあらためてオファーするのが筋というものだろう。だから、

「もっと広瀬さんの作品、見てみたいな」と言うに留めた。優喜は、本気にしていないのか、また、ちょいっと肩をすくめた。そして、いつのまにか足元に来て、ふたりのあいだを行ったり来たりしては、盛んに脹脛（ふくらはぎ）に脇腹を擦りつけている黒猫を抱き上げ、唐突につぶやいた。

「家の中、見る？」

「え？」

「ほかの部屋も、見る？」

栞が、見たい、と言ったのは、優喜の作品なのに――でも、彼の声になにか切実なものを感じたから、うなずいた。そうだ、と思った。見なければ。今夜、見なければならないのは、あの女の子の部屋だ。

「じゃあ、どうぞ」クロエを抱いたまま、優喜が先に廊下に出て、階段を上がった。天井から吊るされた明かりは真ん丸で、オレンジ色。後ろから、かつ、かつ、かつ、と爪の音

を立てながらジュディもついてくる。

　二階の廊下の両側に幾つかドアがあったけれど、優喜は素通りして、まっすぐに突き当たりの部屋へと、栞を案内した。ドアを開ける前から、栞には、ここが日登美ちゃんの部屋だとわかった。優喜がそう言ったわけではなく――実際、ふたりのあいだで、日登美ちゃん、という名を一度も口にしていなくとも――わかった、ここだ。

　栞が手を伸ばしてノブを回すと、うぉん！　ジュディが吠えた。ドアを薄く開けた途端に、ふわっと植物の匂いが漂った気がした――いや、もしかしたら、気のせいではなかったかもしれない。明かりを点けたあとで目にしたのだが、チェストの上の、大きなガラスの容器にポプリがふんだんに入れてあったのだ。でも、栞はそこへ行って、その匂いをたしかめることはできなかった。一歩も進めず、ただ入口に立って、部屋の中を眺め渡すので精いっぱいだった。薄緑色のカーテン、ざっくりとした編みのベッドカバー、本がぎっしり詰まった背の高い本棚、白木の机と椅子。

　ジュディが部屋の中へと入っていった。振り返って、尻尾を大きく揺すり、こっちへ来ないの？　と言わんばかりの顔をしている。

　すると、それまでおとなしくしていたクロエが、優喜の手から、するっと離れて、身軽に床に着地。ジュディに駆け寄り、その飴色の背中に頬擦りをした。

「いい部屋だよね」ちいさな声で、優喜が言った。

「ときどき、窓を開けて換気をするんだ。それから、簡単な掃除もね。ここに引越してくるとき、曜子ちゃんに頼まれたからさ。それ以外は、一切なにも触れないけどね。俺が留守のとき、ジュディがこの部屋で昼寝したりするから、けっこう毛とか落ちててさ……おかげで、時間が止まったみたいにはならないんだ」

うなずいて、気持ちをこめて栞は言った。

「それは、いいこと」

そして、部屋の中を歩き回る猫の姿を目で追っていて、気づいた。机の上に、ごちゃごちゃと雑多な、女の子らしい小物と一緒に写真立てが置いてある。あ、と思った次の瞬間には、境界線――こちら、と、あちら、の――で止まっていた足が動いた。ほとんど小走りで机に向かい、それを手にした。まじまじと見つめずにはいられなかった。

栞は、隣に立った優喜に言った。

「このひとたちが、ここの家族なの」

「うん、たぶん。古い写真みたいだね」

「これ、ジュディだよね？　まだ子犬だね」

公園のベンチで撮影されたものらしかった。Tシャツに短パン姿で日に焼けた顔に大らかな笑みを浮かべた男のひと、杏子色のサマードレスがよく似合うショートカットの女のひと、そのふたりのあいだに坐っているのは、おそらく十六、七の女の子だ。ブルーのギンガムチェックのシャツを着て、肩に届く髪はやわらかそうで、すこし癖がある。白い歯を見せ、目を細め、思いきり屈託のない笑顔だ。そして、彼女が愛しそうに抱いているのは——垂れ耳の、つぶらな瞳の、ちいさな犬。

「こんなに、ちっちゃかったんだ、ジュディ……なんだか、すっごく幸せそうな顔してるよ。笑い声が聞こえてきそうな」

「うん。日登美ちゃん、大好き！　って顔してるよなあ」

「可愛いね、日登美ちゃんも」

「ああ。めちゃくちゃ性格よさそう。日向の女の子って感じ。これ、彼女が高校生くらいのときの写真だよね」そう言ってから、優喜はすこし声のトーンを落として、

「彼女、今、いくつなんだろう？」

「曜子ちゃんと同い歳だから、たぶん、二十七歳くらいじゃない？」

「そっかあ、じゃあ、今から十年くらい前の写真なんだな、これ」

「……旅に出たのは、何年前なの？」この家族が事故に遭ったのは、と言葉にするのが憚られたから、栞はそう言ったのだった。だって、すぐそこにジュディがいる。あの犬は、

なにも知らされていないのだ。

「三年前だって、曜子ちゃんが言ってたよ」

どこか遠くの病院で、日登美ちゃんはその年月を眠るようにして過ごしたわけだ。昼もなく夜もなく。季節が巡りゆくのも知らずに。

「日登美ちゃん、恋とかしてなかったのかな」

「どうだろう」

もし恋人がいたとしても、三年――いや、これから先もっと長い年月、もしかしたら、一生、意識が戻らないかもしれない女の子を、それでも待ち続ける男がいるだろうか。

ふいに栞は、すぐ隣にいる彼と手を繋ぎたくなった。こわくなったのかもしれない。と同時に、途方もなく豊かだと感じたのだ。なにが起こるか予測もつかない、生きる、ということについて。その残酷さや理不尽さも含めて、だれかと分かち合いたい、伝え合いたい、でも、それは言葉では無理だ。だから――。

栞は自分の手が草のように、すうっと伸びていくのを感じた。そして、触れた、優喜の手に。しっかりとした、大きな手がちょっとびくっとしたあとで、栞の指先を躊躇(ためら)いがちに握った。ぎゅっ、ぎゅっ、たしかめるみたいに二回力をいれて、それから、彼女の手を、その掌ですっぽり覆った。

温かい。安心だ。

からだ中を抱きしめられているみたい、と栞は思った。

手を繋いだだけなのだけれど。

優喜の手の感触を味わいながら、ゆっくりと深く息を吸った。日々の生活で張りつめていた、余計な力が抜けていく。凝りかたまっていた──そうだ、凝りかたまっていたんだ、と栞はあらためて気づかされたのだけれど──からだのあちこちが、やわらかく、ゆるゆると、ほぐれていく。

満ちていく、生きている、そのことを感じた。ずっと、このままで──なにも考えることなく、このままでいられたらいいのに。

ふたりで言葉もなく、どのくらい、そうしていただろう。

数秒？　数分？　数時間？　数年？

やがて、優喜が沈黙の底から囁くみたいな声で言った。

「クロエがこっちを見てるよ」

そうだ、たしかに。日登美ちゃんのベッドの脇で、行儀よく前肢をきちんと揃え、首をわずかに傾げ、まるで置物みたいに身じろぎもせず、黒猫がこちらに視線を注いでいた。

月の瞳を光らせて。

おやまあ！　あたし、自分の目を疑っちゃったわ。

いつか行ってみたいって思っていたジュディの家に、ついにお邪魔することができて、それだけでも充分わくわくしていたんだけど、日登美ちゃんって女の子の部屋を興味津々で歩き回って、ひょいっと何の気なしに振り向いたら——栞ちゃんと広瀬くん、手を繋いでいるじゃないの！

いったい、どういうこと？　あたしが油断している隙に、ふたりのあいだで、こそこそっと愛の言葉が囁き交わされたのかしら。

もしかしたら、このあとには、キスとかしちゃうの？

これは見逃すわけにはいかない。そう思ったから、あたし、ふたりのほうへ向き直って、ちゃんと正坐して待ち構えたわ。

さあ、どうぞ。あたしは準備オッケーよ、てなものよ。

ところが、予測に反して、ふたりはキスもしなけりゃベッドに雪崩れこむこともなかった。なあんだ。ほんと、がっかりしちゃった。

これはね、広瀬くんがいけないんだと思う。真夜中にふたりきり、手まで繋いだからには、男子たるもの、女子の唇を奪わずして、どうする？　彼が公園で〈猫の野性味〉について語っているのを聞いたときには、このひと、猫心がわかってる、と嬉しくなったけど、残念ながら、女心についてわかってるとは言いがたいわね。

でも、まあ、なにも進展がないよりは、よかった。それに、キスには至らずとも、とりあえず、優喜くんは次回を期待させることを、栞ちゃんに言ったのよ。

「よかったら、クロエのこと、預かろうか」って。

「え？」栞ちゃんだけじゃなく、あたしも、びっくりした。

優喜くんは栞ちゃんと手を繋いだまま、彼女の顔も見ず、まっすぐ前方にまなざしを向けて――つまり、そこには、あたしがいたわけだけど、

「ごらんのとおり、ここは庭付きの一軒家だからさ。俺が家で仕事してるときとか、クロエが来てくれたら歓迎するよ。ジュディも喜ぶと思うんだ」

それって素敵！　あたし、毎日でもこの家で過ごしたい。だって、栞ちゃんが会社に行って留守のあいだ、正直なところ、ちょっとばかり退屈してたし、淋しかったし、なん

か、つまんないなあって思ってたんだもん。

　栞ちゃんがすぐに返事をしないものだから、

「いや、あの、余計なことだったら、ごめん」って優喜くんが言った。

どうして？　謝らないでよ。あたし、彼の足元へ行って、こつっ、こつっ、彼の脹脛に、親愛の頭突きをしたわ。

　そしたら、栞ちゃんが笑って、

「なんか、クロエ、この家が気に入っちゃってるのかもしれない。ほんとうに、いいの？　たまに預かってもらっても？」

「うん。気が向いたとき、いつでも連絡してよ」

　てなわけで、ふたりは電話のナンバーを交換した。そして、今度の土曜日、さっそく、あたしはこの家に遊びに来ることが決まった。

　別れ際、栞ちゃんは、にっこりして、

「広瀬さん、今日はいろいろありがとう。一緒に走ってくれて。ジュディのおうちも見せてくれて」

「うん。俺も楽しかったから」

「それから、あなたの手、ありがとう。温かかった。すごく気持ちよかった。なんか、すごく、ほっとした」

「うん。こちらこそ」優喜くんは微笑んだ。ちょっと照れたような、中学生の男の子みたいな笑みだった。

また毛糸のショールでぐるぐる巻きにされて、じゃあ、さよならってときに、ジュディが玄関までお見送りに出てくれたわ。せっかく来たのに、もう帰っちゃうの？　とでも言いたげな名残惜しそうな顔をしてたけど、あたしたちは、またね、もうすぐだね！　って目と目で言い交わしたの。

土曜日――だから、あたしはとっても楽しみにしていた。

週末を心待ちにする女の子の気持ち、というやつを、あたし、生まれてはじめて経験したってわけよ。デート、まるでデートね。

と、そこで、はたと気づいた。思い出した。

そういえば、こないだ、栞ちゃん、電話の相手に言ってなかったっけ？

「じゃあ、今度の週末はどう？」

そうよ、あの常盤くんっていう、別れた恋人と再会の約束をしてたじゃないの。それが、やっぱり土曜日だったはず。なんなの、栞ちゃん、迂闊にもそのことを忘れて、ダブルブッキング？

と思いきや。

金曜日の夜、会社から戻って、あたしのお出かけのために、キャットフードや、ごはんのお皿や、お水のボウル、猫じゃらし、爪研ぎのボードなんかをトートバッグに詰めこみ、トイレセットも紙バッグに入れながら、栞ちゃん、あたしに言ったの。

「クロエ、明日、午後からジュディのおうちへ行くのよ。ちゃんと、おりこうにできる？」

できるよ、できますとも。

あたしは、みゃあ、と鳴いてみせた。

「壁や家具で爪研ぎしちゃだめよ、ぜったいよ」

知ってる、あたし、そんなこと、ぜったいにしない——ええと、ぜったいとは言えないけど、たぶん、だいじょうぶ。

で、栞ちゃんは、どうするのよ？　常盤くんのほうは？　あたしがちょっとばかり気を揉んでいたら、折よく智恵ちゃんから電話がかかってきたの。もちろん、あたしは栞ちゃんの膝の上に乗っかって、ふたりの会話に耳をすました。

「ねえ、いよいよ明日じゃないの」と智恵ちゃん。

「うん。そうなのよ」

「どう？」

「どうって、なにが？」

「だからさ、昔の男に久しぶりに会う心境。お洒落していくの？　あたらしいお洋服とか靴とかバッグとか買っちゃった？」

「買ってないよ、なんでよ？　べつにデートとか、そんなんじゃないもん」

智恵ちゃんの声は興奮気味なのに、栞ちゃんは素っ気なく応える。でも、見上げると、彼女の口角はきゅっと上がっていて、しゃべり方や声とは裏腹に、なにやら機嫌がよさそう。彼女の胸に頬を押し当てたら、心臓の鼓動も、普段よりちょっとはやくなってる。これは、つまり——と・き・め・き？

そっか、ダブルブッキングなんかじゃなくて、あたしを優喜くんのところへ預けて、栞ちゃんは常盤くんに会うってわけなのね？

「かつての恋が再燃するかなあ？」と智恵ちゃんが言った。

栞ちゃんが黙っちゃったら、智恵ちゃんがさらに言った。

「その可能性もあり、だよね。あり、は言い過ぎでも、なきにしもあらず」

あたし、思わず声を洩らしちゃった。

ううう。そしたら、

「なに唸ってんのよ」栞ちゃんがあたしの頭をこつんと指先で叩いた。

「え。なに？　私、唸ってないよ」

「ううん、智恵じゃなくて、猫が唸ったの」

すると、電話口から笑い声が響き、栞ちゃんもつられて笑った。

「とにかくさ、楽しんできて」智恵ちゃんが言った。

「なにがどうなってもいいと思うの。ね？　だから、栞、素直に、素直に、素直にね」

優喜くんと手を繋いでいるところを目撃しちゃったからには、あたし、栞ちゃんと彼の進展をむしろ期待したいところだけど、そうよね、常盤くん――昔の男とのあいだに、あらたな展開がないとは限らない。

うーん、それもまたよし、と考えることにするか。ついこのあいだまで、男っ気がまったくなかった栞ちゃんだもの、ちょっと周辺が賑やかになってきたのは、いいこと！　いいこと！　あたしも応援するよ。

電話を切ったあと、栞ちゃん、クローゼットを開けて、あれこれ洋服を取り出しては、姿見の前に立って当ててみている。あ、その黒いニットより、そっちのカナリア色のワンピースのほうが似合ってると思うなあ。

栞ちゃんは洋服を選び終えると、急に脱力したみたいにベッドにからだを投げ出した。

そして、ふうっと大きく溜息をついて、ベッドサイドに置いてある文庫本に手を伸ばした。ほら、あれよ、『日々の泡』――彼女の愛読の恋愛小説。ぱらぱらっとページを捲って、つぶやいた。

「クロエ。クロエ」って二度。

あたしを呼んだの？　それとも、ヒロインの名を？

8

モスグリーンのソファの上で昼寝をしている――といえば、飴色の犬だったはずだが、今、その場所で、まあるくなって眠っているのは黒猫だ。

なんだか、不思議な光景のように思えて、

「クロエ。クロエ」優喜は二度、呼んでみた。

ごくちいさな声で。囁くみたいに。

すると、クロエの代わりに、ジュディが、くうん、と鼻を鳴らした。

「おまえのいつもの場所、あっさり取られちゃったじゃないか」

ちいさな猫なのだから隅っこに寄れば、ジュディが寝るスペースも充分にあるはずなのに、クロエはソファの真ん中に陣取って、のうのうとしている。遠慮がない。ついさっきまで、金色の瞳をぴかぴか光らせ、まったく恐れ気もなく家の中を我がもの顔で歩き回ったり、ジュディをからかって猫パンチを食らわせたり、すこぶる元気よく遊んでいたのだが、ぱたっと電池が切れたみたいに昼寝をはじめた。

まったくもって、〈借りてきた猫〉らしからぬ振舞いなのだ。

「まあ、もちろん、俺たちがこの猫を、借りてきたってわけじゃないんだけどさ」と優喜が肩をすくめると、ジュディも頭をぶるっと横に振った。いいの、いいの、僕はちっとも気にしてないから、クロエの好きにさせてあげて——この犬は、そんなふうに言っているように見える。

土曜日の午後。よく晴れていて、窓から明るい光が射しこんでくる。外はずいぶん気温が下がっているようだが、つめたい真冬の空気がこの部屋を冷えこませることはなく、暖房がよく効いているから、ぬくぬくと暖かい。優喜は月曜日までに仕上げなければならないイラストが何点かあるのだけれど、ついしょっちゅう手を休めて、クロエの姿を眺めてしまう。猫ってやつは形状が美しいな、と、あらためて感心しつつ。

いや、ほんとうのところをいえば、優喜はクロエに視線をやっているあいだ、栞のことを考えずにはいられなかった——栞に思いを馳せるときには同時に、まなざしが自然とあの黒猫に向かってしまうのだ。そして、自分の左手に今も残っているように感じられる彼女の右手の温もりを味わう。栞がこの家にやってきた、あの夜更けに、彼女のほうからすうっと手を伸ばして、優喜の手を握ったのだった。

いったい、どういうつもりだったのだろう。

わからないけれど、嬉しかった、気持ちよかった――そう優喜は思う。実際、あの夜以来ずっと、ふとしたときに、栞の声や匂い、彼女の残像が、優喜の五感のどこかを掠める。忘れられない、胸がときめく。

だから、今日のこの日を優喜は心待ちにしていたのだった。猫と一緒に、栞がやってくる！　ジュディとクロエと栞と共に、土曜日の午後を過ごす！――それは久しぶりにわくわくするような週末になるはずだった。

ところが、一時間半ほど前に、ピンポーン！　ピンポーン！　ちょっとせっかちな感じで二度続けざまに音高らかに呼び鈴を鳴らして、片手にクロエを入れたキャリーバッグ、もう片方の手に猫道具一式を提げ、玄関先に立っていた栞は、「こんにちは、広瀬さん」と挨拶したあとで、クロエのための食べ物や水、爪研ぎのボード、それから、猫トイレの置き場所を訊ね、てきぱきと配置してしまうと、おもむろにリビングルームでキャリーバッグの扉を開けて猫を解き放ち、くるりと優喜のほうを振り返ると、今度は神妙な顔つきになって、

「クロエには、よーく言い聞かせてきました。おりこうにしていてね、あんまり、やんちゃしないでね、広瀬さんやジュディにご迷惑をかけちゃだめよって。夜になったら遅くならないうちに、お迎えにきます。どうぞ、よろしくお願いします」そう言いながら深々と頭を下げ、

「あ、ジュディ。おいで。いい子ね。クロエのこと、お願いね」近づいてきた犬を跪いて抱きしめ、さっそく部屋の中を探検しはじめた猫には、

「じゃあね、またね」と声をかけ、

「ああ」だの「うん」だの「はい」だの「わかりました」としか言えずにいた優喜をあとに残して、なにやら慌ただしく去っていったのだった。

ぴゅうっ。ちいさな旋風(つむじ)のようだった。

「勝手だよなあ」優喜はつぶやいた。その同じ科白を、さっきから何度も胸のうちで繰り返していたのだけれど、あえて声に出して言ってみた。

「勝手だよなあ、遠山さん。栞さん、栞ちゃん……栞」

そして、ジュディの頭をごしごし撫で、

「なんだったんですかね、あれは?」と訊ねてみた。

よくわからない女だと思う。夜の公園で猫を抱きかかえて犬と一緒に走り出したり、誘

えば、この家へ来て、いきなり手を握ったり——俺に気があるのかな？　そうだよな、違うってことはないだろ、うん。もしかしたら、彼女は俺のことを好きになりかかっているのかも、だから、あの夜、彼女は駆け出したんだ、そして、俺と手を繫いだ——ここ数日、優喜は幾たびとなく遠慮がちに、ときには厚かましく自分自身に問いかけ、納得しようとしてきた。そのうえで、今日は自分のほうから彼女の手を握ろう、と心に決めていたのだ。手を握って、それから——

それから？　もちろん、その先だってあるだろう。栞の唇の色やかたちを思い浮かべながら、よしっ、と気合を入れてもいた。

勇気を奮い起こせば、ご褒美(ほうび)に、きっと甘いチェリードロップが味わえる。いつのまにか、遠山栞のイメージは、それ——缶入りの、半透明のチェリードロップになっていた。親しみやすいような、けれども、迂闊に手を出しにくいような。

つい想像力を逞しくして、あれこれと作戦を練っていたのに、当てが外れた。ひょいっと軽やかな仕草で、肩すかしを食らってしまった。

「栞さん、どこ、行っちゃったんだろうなあ？」

黒猫を、この家に置き去りにして。

「俺、なんか、振り回されてますかね？」

でも、それもわるくないような気がした。響子と別れて以来ずっと、なにやら吹っ切れない気持ちのまま、鬱々と日々を過ごしてきたのだ。未練？　いや、響子とよりを戻したいと思っているわけではないのだが、ふとしたときに甦るのが癖になっている記憶を振り捨て、次、行こう、次！　と、さばさばと前進することができずにいた。

だから、ほかの女の子のことをあれこれ考えられるようになったのは、優喜にとっては、なんというか〈解放〉とでも呼びたい状況だった――

いわば、過去からの、解放。

もしくは、悔恨からの、解放。

長らく囚われの身だったけれども、ようやくにして年季が明けて自由になりつつある。まるで足枷が取れたようだ。

からだが軽い。気持ちも浮き立つ。

「クロエ、きみは縁結びの猫だ」わざと声に出して言ってみたら、猫はぴくっとからだを震わせ、ぱちっと音を立てそうな勢いで瞼を開いた。

優喜はソファに近づいていって、視界の中でズームアップしていく黒猫の、桜色の鼻に焦点を合わせ、どんどん、さらに近づいて眺め、

「いい子だね、クロエ。片肢を上げて、ほら、招いてごらん、良縁を」息がかかるほどの

距離で、猫撫で声で囁いた。黒猫は神秘的な色合いの瞳でじっと優喜を見つめ返す。

招き猫は右肢を上げると金運を、左肢を上げると人との縁を招くと言われているんじゃなかったっけ？　いずれ、できれば金運も招いてほしいところだが、今はそれより彼女だ、彼女を招いてほしい。優喜はクロエの左肢をぐっと持ち上げてみた。

「ほら、こうやって、左肢を上げて招いてよ。栞さん、どこへ行っちゃったんだ？　クロエ、知ってるんだろう？」

もちろん、猫は答えないが、艶やかな毛並の背中のあたりから、なにやら甘い香りが漂ってきた。優喜は胸いっぱいに、それを吸いこんだ。おそらく、栞からの移り香だろう。オーデコロンかシャンプーか、もしくはボディーローションか。やはり、ちょっとチェリードロップを思わせる匂いだった。鼓動がすこしはやくなった。

クロエがいる——この家に。

今日が二度目の訪問とは思えない。昔から通い慣れた場所にいるみたいに、すっかり、ここに馴染んじゃっている感じで。

臆病になったり萎縮したりってことがないんだ。大したもんだよ、彼女の度胸は。今も、堂々とソファの真ん中で寝ているよ。いい眺めだなあ、と思う。眠り猫を見ていると、心がほっこり温かくなるね。

優喜くんも嬉しそうだ。よかった。栞ちゃんがクロエを置き去りにして、「じゃあね。よろしく」とばかりに、さっさとどこかへ行っちゃったもんだから、そりゃあ、がっかりしたみたいだけど――しょげてたのは、ほんの短いあいだだけで、すぐに気持ちを立て直したんだ。

基本的に機嫌がいいんだよね。さっきから、もう何度、栞ちゃんの名を呼んだことだろう。これって恋ってやつかな？　優喜くん、栞ちゃんに恋をしているの？　まあ、初期症状であることは間違いない。

僕にも覚えがあるよ。もちろん、相手は日登美ちゃん。物心ついたときには、すでに彼女にときめいていたっけ。日登美ちゃんは僕の太陽で、彼女の笑顔は光そのもの。触れれば、とっても温かくて、離れていても、彼女のことを思えば、僕の心に日向ができる。

そう。僕の心には永久不滅の日向があるんだ、日登美ちゃんのおかげでね――でも、正直なところをいえば、ずっと会えずにいるせいで、いつか日向が日陰に反転しそうな、そんな気がしてこわくなるときがある。僕、日陰が苦手だから。暗くて、じめっと湿っぽくて、隅っこになにが潜んでいるか、わからなくて——たとえば、妖怪とか？　お化けとか？

あれ、なんだろう、寒気がする。ぞぞっと背筋が。

だめ、だめ。日陰のことなんて想像しちゃったのがいけないね。ああ、なんだか、胸も苦しい。あ、なに？　なんか、こみあげてきたよ。

ううっ。げげげほっ。げえええ、げほげほっ。

「どうした、ジュディ？」

……わかんない、優喜くん、今、話しかけないで。

げげげほっ。げほ、げほ、げえ、げほほ。

「ジュディ。どうした、ジュディ……だいじょうぶか」

げほっ、げほっ。優喜くん、なんだろ、この咳？　げほっ、げほっ。やばいよ、吐きそう。食べたものとか胃液どころか、胃袋とか、肺とか、内臓を吐いちゃいそう。それくらい、苦しいよ。どうしちゃったんだろう。

「ジュディ？　だいじょうぶかよ」

ああ、ありがとう、優喜くん。背中をさすってくれるんだね？　そうしてもらうと、すこし楽だな。だいじょうぶ、そんなに心配そうな顔しないでよ。ほんと、いいやつだね。

血相を変えて、すっ飛んできてくれて。

「ジュディ、苦しいか。なにか変なもの、呑みこんじゃったのか」

げほっ。げげげほっ。わかんないけど、違うと思うよ。僕、もう子犬じゃないからね、わけのわかんないものを呑みこんじゃったりしないよ。今朝から水とドッグフード以外は口にしていないもん。

だけど、そうだ、ドッグフードだって、あんまり食べてないんだった。ここんとこ、なんとなく、食欲がないんだよ。

ううう。やっと咳が治まった。ああ、苦しかった、ふう。

ちょっと、横になってもいいですか。

「具合わるいの？　風邪かな、ジュディ」

ああ、優喜くん。そうやって頭を撫でてもらうと、いい感じだよ。からだの緊張が解けて、ほっとするね――あっ、だめだよ、そこは。痛いっ、ううっ。

「なんだよ、ジュディ。唸っちゃって。どうした？」

うううっ。痛いんだってば。そこ、触らないで！

「あれ？　喉、腫れてる？　やっぱり風邪？　扁桃腺か」

え。腫れてるの、僕の喉？　そっか、だから痛いのか。

「どうする、ジュディ。お医者に診てもらうか。そのほうがいいだろう？　なんか、からだも熱いような気がするね。熱が出てるのかもしれない」

そう？　さっき寒気がしたのは、そのせいかなあ？　だるい、ここんとこ、ずっと、だるかったけど、今もめちゃくちゃ、だるいよ。

「あ、クロエ。こっちに来たんだ？　きみもジュディが心配か」

クロエ！　ああ、クロエ！　ごめんね、きみ、せっかく寛いでいたのに、僕が大袈裟な咳なんてしたから、邪魔しちゃったね。わあ、やめてよ、くすぐったいよ。そのざらざらの舌で、僕の顔を嘗めるのは、やめて。

ふふっ。痛いのなんて飛んでいっちゃうね、クロエ。でも、もうよしたほうがいいよ。僕、きみに風邪をうつしちゃったら、申し訳ないもの。

「ちょっと、ふたりでじゃれていてよ」と言い残して、優喜くん、あっちへ行っちゃった――と思ったら、電話をかけてる、だれに？

「もしもし？　ああ、俺。いや、俺じゃわかんないか、ごめん、広瀬です。カフェ、忙しい時間だよね、わるいね、ちょっと相談したいことがあってさ……ジュディのことなんだけど……なんか具合わるそうなんだよ。ペットクリニックに連れていったほうがいいかな、と思って。かかりつけの獣医さんとか、いるの？　どこの病院へ行ったらいいか、教えてくれない？」

どうやら、相手は曜子ちゃんみたいだ。

「え？　どこがわるいのかって？」

優喜くんがしどろもどろになって説明している。なんだか、要領を得ない感じだよねえ、と思っていたら、

「来るって、え？　これから？　じゃあ、カフェはどうするの？」素っ頓狂な優喜くんの声。僕もびっくりしちゃった。曜子ちゃん、ほんとうに来るつもりなの、僕のからだの不調、そんなにたいへんなことなの？

うううっ。ついまた唸ってしまったら、クロエが右の前肢で、ちょちょい、僕の頰を突いた。ミルクに浸したみたいな、そこだけ白い前肢でね。そして、みゃあああ、張りのある声で鳴いた。なんて言ったの？　茶目っ気たっぷりの瞳の表情から察するに、「まったくもう、優喜くんも曜子ちゃんも大袈裟ねえ、心配性なんだから。でも、ジュディ、いいじゃない？　愛されている証拠よ」とかなんとか？　僕をからかおうとして。

クロエがここにいてくれてよかった——彼女がいなかったら、僕、もっとしょんぼりし

ちゃったかもしれない。横になっている僕の、耳のあたりをまた嘗めはじめた。励ましてくれているんだね、ありがとう。

黒い、ひゅうっと長い尻尾が僕の目の前で、ゆうらり、ゆうらり揺れている。それをぼんやり眺めていたら、だんだん瞼が重たくなってきて、いつのまにか、うとうと眠ってしまったみたい——どこか遠くで、「ジュディ、ジュディ」と優しく呼ぶ声がして、僕は大きな池に浮かべた小舟に乗って、気持ちよく揺れていたんだ、ゆうらり、ゆうらり。声のするほうへ、ゆっくりと進んでいた——でも、いきなり、「ジュディ！　ねえ、だいじょうぶなの？」って力強い声がして、僕は一気に現実に引き戻された。

曜子ちゃんだった。しゃがみこんで、僕の顔を覗きこんでいた。目が合った。すっごく不安そうな表情をしている。曜子ちゃん、ほんとに来てくれたんだ？　やだなあ、僕、だいじょうぶなのに。

「ジュディ、苦しそうじゃない？　ぜえぜえしてる」

「そうなんだよ、さっき、ひどい咳をして、それから、だんだん呼吸が尋常じゃなくなってきて……」

「クリニックへ行こう。ジュディが子犬のときからずっとお世話になっている動物病院があるのよ。土曜日だけど……やってるかな？　とにかく電話してみるわ」

「ああ、うん、頼むよ。俺、車出すから。おんぼろ車だけど」

「ほんと？　よかった、助かるわ。わりと近くのクリニックなんだけど、このようすじゃジュディを歩かせるわけにもいかないものね」

曜子ちゃんと優喜くんが声を潜めて相談していた。それから、曜子ちゃん、廊下に出て、ペットクリニックに電話をしたみたい。

「お休みじゃなかった。診てくれるって」

「よかった！　道案内、頼んでいい？　曜子ちゃん、カフェは？」

「お店、手伝ってくれている子に事情を話して、任せてきたから、だいじょうぶ。さあ、行こう。ジュディ、立てる？　お医者さんに行くよ。そうすれば、すぐによくなるよ」

と、そこで、曜子ちゃん、「あれ？」って声の調子を変えた。

「あれあれ？　なんで、ここにクロエがいるの？」

やっと気づいたんだ、クロエが遊びにきていることに。

クロエが曜子ちゃんの脹脛に、からだを擦りつけて、「こんにちは、曜子ちゃん、あたしよ、あたし。ここでお会いできるとは、ね？」と言わんばかりに、みゃあああって挨拶したから。曜子ちゃんはからだを屈めて、クロエの頭を撫でながら、ちょっと怪訝そうな顔をして、

「……てことは、じゃあ、栞さんもいるの？」

「いや、いない。クロエだけ」と肩をすくめて優喜くん。

「はあ？　どうして、クロエだけなの？　栞さんは、どこにいるのよ？」

「栞さんが、どこにいるか？　それは俺が訊きたいよ」

丸テーブルに、ぱりっと糊（のり）の利いた白いクロス。臙脂（えんじ）色のビロード張りの椅子。窓にはレースのカーテン――ここは、カフェ、というよりは、喫茶店と呼ぶのがふさわしい雰囲気だ。もっと正確にいえば、老舗（しにせ）の洋菓子店の、喫茶室だ。フロアにコーヒーと焼き菓子の香りが満ちている。
　栞が店の前に着いたのは、待ち合わせの時間より十分ほどはやかった。どうせまだ彼は来ていないんだろう、と思うと、先に喫茶室に入って待ち構えていたみたいな状態になるのは、ちょっと悔しいような気もしたのだが、わずかに躊躇った後に扉を押すと、思いが

けず窓際のテーブルに懐かしい姿があった。常盤くんだ。彼もすぐに栞に気づいて立ち上がり、笑みを浮かべて片手を挙げた。

近づいて、

「こんにちは。めずらしいじゃない？」開口一番そう言ったら、

「めずらしいって、なにが？」常盤くんはきょとんとした顔をした。

「あなたが先に来ているなんて」

「そう？」

「そうよ」栞がうなずくと、常盤くんは目を細めて笑い、

「まいっちゃうなあ」とつぶやいた。

「なんかさあ、久しぶり……めっちゃくちゃ久しぶりに顔を合わせたっていうのに、ついこないだ会ったばかりみたいな物言いをするんだもんな」

「そう？」今度は栞がきょとんとして訊ねる番だった。

でも、たしかに、時の流れをすっ飛ばしたような挨拶だったかもしれない。もう六年以上も会っていなかったのに、かつてデートのときに頻繁に使っていた待ち合わせ場所に来てみたら、まるで昨日のことのように思い出してしまったのだ――いつだって常盤くんはすこし遅刻をしてきて、栞のほうが待ちぼうけを食らっていたということを。

そして、黒いワンピースに白い清潔なエプロンをつけたウェイトレスがオーダーを取りにきたときに、常盤くんはメニューを開くこともせず、

「シュークリームとコーヒーを」と即座に言って、それから、

「彼女にも同じものを」と付け加え、

「いいよね、それで？」栞の顔を見つめて、微笑みながら訊ねた。

栞はうなずいて、ウェイトレスがテーブルを離れてふたりきりになると、

「なんか、強引ねえ」半ば呆れて、つぶやかずにはいられなかった。

「だって、好きだろ、ここのシュークリーム」

「そりゃあ、好きだけど」

「だったら、強引じゃなくて、気が利くって言ってよ」

常盤くんはからかうような目をして、栞を見ている。

シュークリームとコーヒー――それは、ここに来たときに、ふたりが決まって注文したものだった。見た目は無骨だけれど、さくっと歯触りがいいシュー皮も、新鮮な牛乳と卵の風味が素朴で、とろっと滑らかなカスタードクリームも、昔ながらの良さがあって、よそではちょっと味わえない。この洋菓子店の名物で、わざわざ遠くからも足を運ぶお客がいるのだ。コーヒーも挽（ひ）きたての豆を使って、丁寧に淹れてある。

しばらくして、ウェイトレスが運んできたそれは、年月が過ぎても変わりなく——コーヒーカップや菓子皿のデザインまで同じだった。

「なんか、すごい」と栞が言うと、

「老舗だからね」常盤くんは至極当然のことのように言って、

「この店に来るのも久しぶり？　ずっと来てなかった？」と訊いた。

でも、栞はその問いには答えずに、シュークリームを一口食べ、二口食べ、コーヒーを啜りながら——この味は不思議なくらい変わっていないけれど、じゃあ、彼はどうなんだろう、そして、私は？　と考えていた。

かつての恋人。婚約の一歩手前までいった相手。この喫茶室を待ち合わせ場所にして会っていた頃は、もうどうしようもなく好きで好きでたまらなかった——そう、たぶん。でも、よく憶えていない。

記憶にストッパーがかかっている。ついうっかり思い出が溢れ出し、止まらなくなって、心の堤防が決壊しないように。

今、栞の目の前にいる彼はオフホワイトの、ざっくりとしたアラン編みのセーターを着て、襟元（えりもと）からダンガリーのシャツを覗かせている。服装の趣味は変わっていない。以前から、こんな感じだった。髪はすこし短くカットするようになったみたいだけれど。おじさんっぽくなった、という印象はない――当たり前か、会っていなかったのは六年。振り返ってみれば、長かったような、短かったような。たったの六年ともいえるのだ。

「なんか、大人っぽくなったよね」と常盤くんは言った。

「え？　私？」

うなずく常盤くんの顔を見ながら、つまり老けたってこと？　と栞は不安になったけれど、さらに続けて、

「そのカナリア色のワンピース、よく似合ってるよ」

その口調には気持ちがこもっているようで、

「ほんと？　ありがとう」と応えた栞の声も明るくなった。彼のためにお洒落をしてきたのだ。クローゼットの中の、お気に入りの洋服をあれもこれも取り出して、鏡の前で合わせ、どれにしようか、さんざん迷った。

でも、いったい、なんのために？

別れた男に、いい顔をしたい――その心理は、なんなのだろう。よりを戻したいと思って？　うそ、まさか！　栞は自問自答した。いい女になったなあ、別れなければよかった、と常盤くんを悔しがらせたくて？　なんだか、それも違う気がした。じゃあ、とりあえず、プライドだろうか。私はあなたがいなくても、ちゃんと楽しく生きてきたの、とい

う表明？

そこまで考えて、とにかく背筋を伸ばさなくちゃ、と栞は思った。そして、目の前のひとをまっすぐ見つめて、

「常盤くん、アメリカから戻っているなんて、思いも寄らなかったよ」正直な気持ちを言ってみた。

「ごめん、すぐに連絡しなくて」

「べつに、いいけど。連絡してもらう筋合いはないもん。むしろ、今になって、どうして連絡してきたの？　って感じ」

「そりゃそうだよな。ごめん。でも、会いたかったから」

「会いたかった？　……ずいぶん、勝手なのね」

「……うん。ごめん」

ごめん、の大放出だ。なんて気楽に、ごめん、を繰り返す男だろう。付き合っていた頃は、こうじゃなかった。ちょっと頑固で意地っ張りで、喧嘩をしたら、やむなく栞のほうから折れて仲直りをするのが常だった。

強気で我儘な常盤くん——そういう彼が、栞は好きだったのだ。

「いちいち謝らないでよ」情けなくなってつぶやくと、

「だよなあ、かっこわるいよね」他人事みたいに、常盤くんは言った。

それから、彼が栞に語ったのは――シカゴ大学建築学科の大学院に進学してしばらくは、物事がすこぶる順調だったのだけれど、やがてちょっとした誤解から担当教授との関係がわるくなって、修復しようとすればするほど、こじれてしまったこと。そして、おそらく、それだけが原因ではなく、外国で暮らすことのストレスや、シカゴの冬の厳しさや、経済的な不安や、さまざまなことが相まって鬱状態に陥り、休学を余儀なくされたこと。なんとか復学したいと思っていたものの、結局はドロップアウトしてしまったこと――

「よくある話だと思うよ」常盤くんはさらっとした調子で言ったものの、表情に隠しようもなく翳りがあった。つらい思いをしたのだろう、強気の彼が強気でいられなくなったのだろう、けれども、なんとか、ここまで立ち直って、栞に連絡してきたのだろう。

「わるかったと思って。俺、栞に謝りたかったんだ」

もう何度も謝ってるじゃない、今日――胸をよぎった言葉を、でも、栞は口にしなかった。ちょっとだけ泣きたいような気分だった。

かつて常盤くんは、シカゴが大好きだと言っていた。素晴らしい建築物がたくさんあるから、と。彼は意気揚々と、海の向こうで暮らしているのだとばかり思っていた、大学院を終えても、果敢に現地で就職をして。

どこまでも力強く夢を叶えていくのだろう常盤くんに、残念ながら自分はついていけそうにもない――怯む気持ちが芽生えてしまった。それに、栞にだって夢が、仕事があったのだ。玩具を作ること。あのちいさな会社で、子どもの頃に「こんな玩具があったらいいのに」と夢見たものを、自分の手で作ること。夢をかたちにして、子どもたちに差し出すこと。

自分の仕事を諦めて、常盤くんの都合に合わせ、彼に寄り添うことは、なにか違う気がした。それは、私の人生じゃない――そう思った。

だから、別れを決めた。

常盤くん、あっちで頑張れ。私もこっちで頑張る。

エールを送りつつの別れだったはずだ。

それなのに、なぜ、ここに常盤くんがいるの？　傷ついた顔をして。

こんなはずじゃなかった、と思うと、栞は泣きたくなる。けれども、泣くに泣けない。目は乾いたままだ。

「俺、鼻息荒かったからなあ」と常盤くんが自嘲気味に言った。

「いろんなこと、強引にやってたよね。栞の気持ち、ちゃんと考えたことなかったなあって、鬱っぽかったとき、ずいぶん反省したんだ」

「うん」栞は相槌を打つのが、精いっぱいだった。

「アパートメントの床に膝小僧抱えて、坐りこんでさ。時間の感覚とか変になっちゃってて、ふと気がつくと、ついさっきまで朝だったはずなのに、いきなり夕方になっちゃってたりしてね。なんか、どうしようもない感じだった。正直言って、きつかったよ。だけど、真っ暗闇の中、針の穴みたいに、ぽつっと光が見えて、それは栞のことだった。ふたりで笑ったこと、一緒に料理をして飯を食ったこと、映画を観たり音楽を聴いたりしたこと、狭いベッドでぴったりくっついて眠ったこと……」

　そうだった、互いのアパートを行き来して、ほとんど一緒に暮らしているみたいな時期もあったのだ。彼が海外へ行ってしばらくは、栞は、からだの一部が引きちぎられてしまったような欠落感を覚えたものだ——忘れていた。そう。思い出すと、生々しく痛みが甦ってつらいから。

　でも、常盤くんは、まさに栞の思いと正反対なことを言った。

「ものすごくつらかったとき、俺を支えてくれたのは、栞と過ごした時間の記憶だった。楽しかったことを思い出せば、生きよう、生きなくちゃって気持ちになれた。ぎりぎりのところで死に引っ張られずに済んだよ」

「だったら、そのとき、すぐに連絡してくれればよかったじゃない？」――こんなにも、取り返しがつかないほどに時が過ぎてしまう前に。

栞がつぶやくと、常盤くんは薄く笑って、首を振った。

「電話とかメールとか、できる状態じゃなかったんだよ。で、ある程度、立ち直ったら、今度は、みっともないところは栞に見せられないって思うようになった。とにかく、仕事を見つけて、働いて稼ぎがあって、もうだいじょうぶ、栞に余計な心配をかけることはないって自信を持てるようになるまでは、連絡しないって決めてた。言い換えれば、それを目標にして頑張ったよ」

いよいよ、ほんとうに栞は涙が出そうだった。けれども、涙をこぼす代わりに、頭で考えたことではない、胸の中の思いが溢れた。

「私、あなたのこと、ずっと待っていたような気がするよ」

「うん。栞に彼氏がいたって、もう結婚していたっておかしくないってわかっていたけど、こないだの電話で猫の名前がクロエだって。そう聞いたとき、まだ望みがあるんじゃないかって思ったんだよ、俺」

「そうなの、クロエっていうの、私の猫。でも……」

クロエ――『日々の泡』に登場するヒロインの名だ。栞が繰り返し読んでいる恋愛小説の。その本は常盤くんがプレゼントしてくれたものだった。

栞の誕生日に。

十九歳——十代最後の誕生日に。

その頃は、常盤くんと付き合いはじめたばかりで、だから、彼から贈られた最初のプレゼントだった。ページを開いたら、著者が添えた「ぼくのビビのために」という献辞の、ビビのところに二本線が引いてあって、代わりに栞の名が、常盤くんの字で書きこまれてあった——ぼくの栞のために。

そして、その脇に、誕生日おめでとう！　と記されてあった。

とくべつなものだった。その本は栞の宝物になった。

幾たびも読み返した。今だって、愛読書なのだ。

いったい、どうしちゃったっていうの？

ジュディ、ひどい咳をして、それから、呼吸がぜえぜえ荒くなって、まるで喉の奥でちっちゃな嵐が起こってるみたいだった。ぐったり床に伏しちゃって——どうやら、病気みたいなの。いつも元気な子なのに、今ひとつ目にも力がなくて。

あたし、胸が痛んで、思わずジュディのそばに駆け寄って、瞼や耳の後ろを嘗めてあげた。そしたら、あの子、くすぐったそうにして笑うのよ。尻尾も、ぱたっ、ぱたっ、床を叩くようにしてね。だけど、そのようすがやっぱり苦しそうなんだなあ。めちゃくちゃ心配になっちゃった。

でも、すぐに曜子ちゃんがやって来て、ペットクリニックに連れていったわ。優喜くんが車を運転してね。あたしも行きたい、ジュディに付き添って励ましたい！　って思ったから、曜子ちゃんの脹脛にからだを擦りつけて、みゃあああああ！　声高らかに鳴いてみたんだけど——

だめだった。あたしの気持ちは伝わらなかった。猫のボディランゲージと鳴き声は、よほど注意深い、理解のある人間が相手じゃないと、わかってもらえないものなんだなあ。

ふう、言葉の壁は厚いよ、無念だわ。

てなわけで、あたしは、このおうちに取り残されちゃった。ひとりぼっちでお留守番よ。自分の家でもないのに、ね。

なんだか、変てこな成りゆきよねえ。

ジュディのことが気がかりで、おまけに、ここはよく知らない場所だから不安で、つい、うろうろしちゃった。リビングルームをうろうろ。右往左往――どうやら、心ここにあらず、って感じになっていたみたい。はっと気づいたときには、あたし、ばりっ、ばりっ、ばりばりばりっ、ソファで爪研ぎをしちゃってたの。

うわあ、いけない！　やっちゃった！　そう思ったときには後の祭りよ。ソファに張られた布地のところどころに爪の穴がぽつぽつ空いて、毛羽立っちゃってたわ。どうしよう。今日、ここへ来る前に、栞ちゃんから、「壁や家具で爪研ぎしちゃだめよ、ぜったいよ」って何度も注意されていたっていうのに。あーあ、自分自身にがっかりしちゃう。あとで優喜くんがこれを見たら、行儀のわるい猫だって思うだろうなあ。

すっかりしょげかえって、持参の爪研ぎボードで、あらためて爪を研いでみたけど、ちっとも気持ちは晴れなかった――とにもかくにも、ジュディのことが心配で。もうクリニックに着いたかしら、それとも、まだ車の中かしら。そうだ、猫アンテナを使ってみようかな？

耳の後ろを前肢でぐりぐり擦ってチューニングをして、肉眼では見えない、離れたところの光景を見たり、音を拾ったりする猫アンテナ――これって、たしかに便利なんだけど、調子がいいときと、わるいときがあるのよねえ。波長の問題なのかなあ？　あたし自身の体調や精神状態も、アンテナの調子に影響を与えるみたい。

はっきり言って、よく知らない家にひとりぼっちで置き去りにされて、気持ちがちっとも落ち着かなくて、あたしのコンディションはベストとは言いがたいわけだけど、ぐずぐず考えてもしようがない。

よし、とりあえず試してみるか！

ソファの上に乗っかって精神統一。目を閉じ、片肢を上げて、ぐりぐりぐり……ジュディ、どこにいるの？　心の中で呼びかけながら――

うーん、見えないなあ。瞼の裏に映る画像が、ひどくぼやけていて焦点を結んでくれない。やっぱり、調子わるいなあ。でも、ここで諦めてなるものか。

もうひと頑張りしてみよう。ぐりぐりぐり……それっ、それっ、ぐりぐりぐりぐり……

ジュディ、ジュディ、あたしはここにいるよ。

ねえ。あなたは、どこにいるの？

教えて、波長を合わせて。

一生懸命、念じていたら――あ！　来た、来た、見えてきました。ジュディが車の後部座席にぐったり寝そべっている。運転席には優喜くん、その隣の助手席には曜子ちゃん。

あらあら、ほんとに、ぼろくてちっちゃい車なのね。でも、やっぱり、あたしも一緒に行きたかったなあ。ジュディの脇に坐って、移動のあいだずっと、彼のほっぺを嘗めてあげたかった。

どこを走っているんだろうな？　優喜くんたちの会話も聞きたい。そのためには、猫アンテナの精度を上げなくちゃ。

ぐりぐり……ぐりぐり……

ほら、だんだん聞こえてきました。

「そこの角を曲がって。もうすぐよ」と曜子ちゃんの声。

「次の角？　もしかして、一方通行じゃない？　いや、だいじょうぶか。オッケー。曲がるよ」と優喜くん。

「うん。あ、見えてきた、ほら、そこ。どんぐり動物病院。あの山吹色の看板が出ているところ」

どんぐり動物病院？　なんだか、牧歌的なネーミングのクリニックなのね。栗鼠(りす)が手を叩いて喜びそうじゃない？

「ジュディ、着いたぞ。入口まで歩けるか」駐車場に車を停めて、優喜くんが言った途端に――ああ、またジュディが咳の発作を起こしてる。苦しそうね。しっかり、ジュディ！

「もうすぐ、先生に診てもらえるわよ」曜子ちゃんも励ましている。

ジュディの足取りはちょっとふらついていて、なんだか痛々しい。だけど、えらい！

ちゃんと歩いて、クリニックの中に入っていったわ。

わあ、待合室には犬だの、猫だの。何匹いるの？　ええと、犬が三匹、猫が二匹ね。おっきい子もいる、ちっちゃい子もいる。この子たち皆、からだの調子がわるいのかしら。元気そうに見えるけど——ワクチンとか予防接種の子もいるのかもね。

うん、あたしも経験があるわ、年に一度の、予防接種と健康診断。はっきり言って、病院って場所に行くと、大いに愉快で、わくわくしちゃうようなことばかりとは限らないのよね。だって、診察台に乗っけられて、無理やり押さえつけられたり。口に指を突っこまれたり。おまけに、注射って痛いんだもの。やんなっちゃう。

でも、もちろん、状況を楽しめるかどうかは、本人次第なのよ。いかなるときも、どんな場所でも、なにかしら喜びを見出す——それって生きていくうえで、たいせつなことでしょう？　あたしの場合は、クリニックの先生の魅力を数え上げ、好意を抱くことにしたの。まあ、実際、素敵な先生なのよ、若くて、ちょっとハンサムで、思いやりがあって。

ジュディの先生も、チャーミングなひとだといいわね。ジュディは男の子だから、やっぱり女の先生がいいかしら——なんて思っていたら、

「どうぞ、診察室へ」って可愛らしいナースさんが言った。ジュディと一緒に、優喜くん、曜子ちゃんも、扉の向こうへ入っていったわ。そして、

「こんにちは。どうしました?」とジュディたちを迎えたのは、ありゃ? 森の熊さんですか、と言いたくなるような風貌(ふうぼう)の男。どっしりからだが大きくて、真っ黒のふさふさの、ごわっとかたそうな毛が頭から顎、顎から鼻の下にかけて繋がって生えている。黒縁の真ん丸眼鏡をかけていて、ちょっとレトロな雰囲気なの。そして、そのレンズの奥の目は、くりっとしていて優しそう。かかりつけの先生だからお馴染みなのね、ジュディが診察台の上に乗ると、親しみのこもった声で、

「どうした、ジュディ?」って顔を覗きこんで言ったわ。ジュディのほうも、先生に心を許して信頼を寄せているらしく、くぅん、子犬みたいに甘えた感じで鼻を鳴らしたの。それから、また咳をした。

「ひどい咳だね、呼吸も荒い……」って先生。

さあ、いよいよ、これから診察ね。ナースさんと優喜くんがジュディのからだを押さえて、体温計で熱を測(はか)ったり、口をぱくって開けさせて舌や喉のようすを見たり、胸やお腹に聴診器を当てたり、からだのあちこちを触診したり、超音波やレントゲンを試してみたり。

うわあ、ジュディが可哀想って思ったのは、注射器で血液を採られたこと！　血液検査のためね。でも、ジュディは診察のあいだ、ごくたまに唸ったりするほかは、おとなしくしていたわ。立派な態度よ、えらい、えらい！

そして、検査結果が出るまで、ジュディたちは待合室で待たされて——うーん、あたしの猫アンテナの集中力も、こんなに長いあいだは続かないわ、疲れちゃった、限界が来てる。だんだんヴィジョンが薄れてきて、ざざっ、ざざざざっ、ノイズが入るようになって、ああっ、もう無理かしらって思っていたら、やっとまた診察室に呼び戻された。

よしっ、もうひと頑張り！　ぐりぐり、ぐりぐり、あたし、耳のあたりを擦ったの。

すると、あの森の熊さんみたいな先生が言ったわ。

「肺胞が広がってますね、異常に広がってます」と神妙な顔で。

「おそらく、肺気腫（はいきしゅ）でしょう。肺に余計な空気が溜まっていて、そのせいで呼吸困難を起こしかけているんです。炎症か腫瘍によって、気管支が狭くなっていると思われます」

ええっ。それ、どういうこと？　なんか、よくわかんない。

「それって、つまり……？」と曜子ちゃんも首を傾げた。

続いて、優喜くんも言ったわ。心配そうに眉をひそめて。

「じゃあ、ジュディはどんな治療を受けることになるんですか。僕たちにできることは？」

9

冬の日は暮れるのがはやい。ペットクリニックから公園通りに戻った頃には、もうすっかり夕暮れの気配だった。

「どうする、曜子ちゃん？　カフェまで送ろうか、それとも、ちょっと家に寄ってく？」

公園の入口付近で赤信号に引っかかり、緩やかにブレーキを踏みながら優喜が訊ねると、

「じゃあ、カフェまで送ってもらっていい？　お店のこと、女の子たちに任せて大慌てで出てきちゃったから、とにかく戻らなくちゃ」と曜子は言った。助手席で、まっすぐ前を見つめたままで。

「広瀬さんこそ、一緒にカフェに来ない？　これからのこと、ちょっと相談したほうがいいのかもしれないから……カフェごはんでよかったら、夕食、用意できるよ。食欲ないか

もしれないけど、こんなときだからこそ、ちゃんと食べたほうが」

「うん。だけど、俺も帰らなくちゃ。今日は、クロエを預かってるから」

「あ。そっか。忘れてた。そういえば、クロエがいるんだったね。どうしてるかな、ひとりぼっちで、慣れない家で」

「……怯(おび)えてなきゃいいけど」クロエのことも心配といえば心配だけれど——いや、でも、今はやはりジュディのことだ。

さっきからずっと心のうちで、もやもやとわだかまっていたことを、ついに優喜は口にした。自分でも驚くような低い声になった。

「いつから具合がわるかったのかな。なんだか、申し訳ないよ。俺がちゃんと気づいてやらなかったから、こんなことになっちゃって」

すると、同じことを曜子も考えていたのか、即座に言った。

「広瀬さん、自分を責めることはないよ。しようがないよ、わかんなかったと思うよ。私だって、ときどきジュディには会ってたわけだけど、あの子、ぜんぜん元気そうだったじゃない？　違う？」

「……まあね」

信号が青に変わった。ゆっくりと走り出しつつ、

「だけどさ、動物は言葉をしゃべらないから、なんていうのは言い訳にはならないよなあ。俺、ジュディと一緒に暮らしてたんだぜ」

「でも、自分のことだって、わかんないときはわかんないんだもの。自己嫌悪に陥ったり、自分を責めたりすることはないと思うの。それより、この先、私たち、ジュディのためにベストを尽くすってことが、たいせつなんじゃないかな?」きっぱりした口調で曜子は言って、それは正論に違いなかったから、優喜は口をつぐんだ。

そして、カフェの前まで来たところで、

「クリニックから電話があったら、また知らせるから」

「うん。そうして。夜中でもなんでも構わないから。お願いね」

とにかく、なにかあったら迅速に連絡を取り合うことを約束して、曜子を降ろしてしまうと——優喜は車内でひとりぼっちになった。

出かけるときには後部座席にジュディがいたのだけれど、今はいない。呼吸困難がひどいから酸素吸入が必要だという獣医の判断により、入院することになったのだ。ごく短いあいだに、ジュディの咳の発作はどんどん、ひどくなった。口や鼻から泡のようなものが出ていた。だいじょうぶなのか、ジュディ?　離れがたかった、ずっとそばにいてやりたかった。けれども、獣医の先生に「明日、また来てください。もし万が一、今夜中に容体が急変するようなことがあったら、ご連絡しますから」と有無を言わさぬ調子で告げられ、とりあえず帰るよう促されたのだ。

もし万が一って、どういう意味だ？　まさか——

いや、まさか、そんなことありっこない、と思う。

家に戻ると真っ暗で、どこからか、みゃあああ、と細い声がした。でも、闇に紛れて黒猫の姿は見えない。

「ただいま、クロエ」

みゃあああ。

「ごめん、ひとりにして」

みゃあああああ。

リビングルームの明かりを点けたけれども、

「どこだよ、クロエ？　隠れてないで、出ておいでよ。こわくないよ、俺だよ。帰ってきたんだ。ねえ、クロエ」

でも、猫は鳴き声を上げることさえやめてしまって、いっこうに出てこないから、優喜は探すのを諦め、ソファにどさっと腰かけた。そして、瞼に掌を押しつけ、ふうっと深く息をついて、

「ジュディ」呻くように声を洩らした。

呼べば、姿を現しそうな気がする。かつかつかつかつ、爪の音をさせて廊下を走ってきて、あのドアの向こうから、ひょいっと顔を覗かせる。もしくは、キッチンから、うぉん！と元気に応える声がして、もうすぐリビングルームに入ってくる。口をぱくっと開け、尻尾を振り、優喜に向かって突進してくる。そうじゃないなんて——

ジュディがここにいないなんて。

優喜がこの家に引越してきてから、ジュディが不在の時間を過ごすのは、もちろん、はじめてのことだ。どこを見やっても視界の先の空間に、ジュディの大きさの分だけ、ぽかっと透明な穴が空いているように感じられてしまう。油断すると、そこにひゅうっと吸いこまれそうだ。

天井の明かりが空々しく煌々としている。

あの犬がいない、この家の、あまりのよそよそしさに呆然として、

「ジュディ」もう一度呼んだら、脹脛に、ふいに温かな感触——クロエだった。いつのまにか足元にいて、優喜に幾度もからだを擦りつける。

「クロエ。クロエ」からだを屈め、猫を抱きあげた。

「クロエ。どこに隠れてたんだよ。ごめん、ひとりにして」

みゃあ、と猫はちいさく鳴いたきり、優喜の膝の上でおとなしくしている。神妙な顔つきで。ぴんとした髭を、ときおり、ふるっと震わせて。

「よかった、クロエ。今日、きみがここにいてくれて。そうじゃなかったら、この家で、俺、ひとりぼっちになるところだったよ」

そうだ、そのとおりだった。まるで、まさしく今日、こうなることが、あらかじめわかっていたかのように、この黒猫は優喜のそばにいて、まあるい目で彼を見上げている。温かくてやわらかな、その存在。

ぎゅうっと抱きしめたかったけれど、力を入れ過ぎたら、猫は優喜の腕の中からするりと抜け出して、どこかへ走り去ってしまいそうだった。そして、もともと、この黒猫が属している闇の中に溶けて消えても不思議はないような気がした。だから、優喜は掌で猫をそっと包むようにしていた。

家の中はしんと静かだ。時の流れる気配さえない。

「ふたりきりだね、クロエ」つぶやいたら、たった今、自分のいる場所が、いったいどこなのか、わからなくなりそうだった。

なぜなんだろう、と優喜は思った。

今、自分がここにいること——クロエという名の黒猫と一緒に。

たとえば、ほんの一年前には、想像もできなかったことだ。去年の暮れに、優喜はまったくべつの場所にいて、べつのだれかと一緒にいた。この世のどこかで、ジュディやクロエが生きているなんて知らなかった。あそこからここへ移動してくることだって思いも寄らなかったのだ、当時は。

けれども、出会った。優喜たちはここにいる。

人生ってやつは、なにが起こるかわからない。

ふと、夜の公園のクリスマスツリーを思い出した。たった今も、つめたい空気の中で、青いイルミネーションがひっそりと輝いているだろう。あの木を、ジュディとクロエと栞と共に眺めたこと——あれは美しい時間だった。今にしてみれば、天からの贈り物だったような気さえする。大袈裟なようだけれど、永遠だ、と感じる。永久不滅。

大いなる宇宙の時間軸のどこかで常に、あの犬と猫と女と男はクリスマスツリーを眺め、白い息を吐いて、夜の公園を駆けだそうとしている、そして、駆けだす——彼らは不老不死だ。永遠なのだ。違うだろうか。

時間も、空間も、決して失われることはない。

その一方で、人生が移動の連続なのであれば、また来年も、あの光り瞬く木を見たい、と思う。一年分、歳を取って。そう、皆で。

ジュディ、また一緒に――心の中で呼びかけたのだけれど、その切実さに応えるようにして、黒猫が鳴いた。いや、彼女も声は出さずに、口だけを動かしたのだった。沈黙の、みゃあああ。

優喜はクロエを抱いたまま、立ち上がった。なにかしなければ、と思ったのだ。このまずっとソファに坐り続けているわけにはいかない。苦しそうにしていたジュディの、その姿の残像に囚われてはならない。彼の不在という、空間の穴に吸いこまれてはならない。

ジュディのために、今、自分にできることをしよう――そう思った。なにができる？

さあ、なにができるだろう。

僕、今、すごく変てこな感じ。ビニール製の、透明なテントみたいなところに入れられちゃったんだ。酸素吸入ルームってやつらしい。

ついさっきまで咳がひどくて、なんだか胸のあたりがずきずき痛くて、どうしたんだろ？　いやあ、まいったなあ――ていうか、だんだん、呼吸も満足にできなくなっちゃって、一時はほんと苦しかったんだ。でも、この透明なテントの中に入れてもらって、だいぶ楽になった。ほっとした。

それにしても、ここは賑やかだよ。あっちのケージ、こっちのケージ、四方八方から犬や猫が吠えたり鳴いたりしている声が聞こえる。もちろん、おとなしくしている子もいるんだけどね、なにかこう、わあ、とか、きゃあ、とか主張せずにはいられないタイプの子たちもいるんだよね。

僕の目の前のケージには、ついさっきまでダックスフントの男の子がいたんだけど、お迎えが来て退院していったから、今は空っぽ。で、その隣のケージにはブルドッグの女の子がいる。いや、女の子とは言えない？　実はもうおばあちゃんみたい。さっき獣医の先生が、「エリちゃんは、高齢だからね」って言ってるのが聞こえたんだ。

道理で顔が皺っぽい――なんてね。

ブルドッグは若くても皺っぽいから、ほんと年齢不詳だよ。

こう言っちゃなんだけど、エリちゃん、かなり巨体で、どっしりしていて、表情も厳めしくてさ。あんまり堂々としているから、気楽に声をかけられる雰囲気じゃない。それなのに、エリちゃんなんていう親しみやすい可愛い名前？　名は体を表すっていうのは、彼女の場合は当てはまらないね、と思っていたら——お見舞いにきた、エリちゃんの同居人さんが笑いながら話しているのが聞こえたんだけど、エリちゃんっていうのはニックネームで、ほんとうの名前は、なんとエリザベスなんだって！　ああ、エリザベスか、たしかに、それなら、ぴったりかも。エリちゃん、女王の貫禄充分だもの。なんだか、納得しちゃったよ。

でも、どうしてエリザベスって名前を付けたのかっていうと、これがまた、なるほどって感じなんだなあ。その同居人さん、エリちゃんと出会う前に、ダイちゃんっていうブルドッグと一緒に暮らしていたことがあって——ほんとうの名前はダイアナだったらしいんだけど、その子、若くして亡くなっちゃったんだって。だから、そのあとにやってきた子犬には長寿の願いをこめて、エリザベスって名付けたっていうわけさ。

あはは。あは、あは。思わず笑っちゃったら、エリちゃんが僕をじろっと睨むようにしたけど、そのあとで、彼女もにいって笑った——口角がぐっと上がって、びっくりするほどチャーミングな笑顔だった。

だからさ、たまに入院するのも、わるくないものだよ。そりゃあ、おうちにいるほうが快適だし、散歩に出かけられないのはつまんないけど、なにしろ、この透明なテントの中にいると、呼吸が楽！　おまけに、エリちゃんみたいな面白い犬にも出会えちゃうんだからさ！

どこにいたって、なにをしていたって、面白いことはあるものだよね。僕、ずっとそう思って生きてきたんだ。でも、僕をここに残して帰るとき、優喜くんも曜子ちゃんも、すっごく心配そうな顔をしていたなあ——それを思うと、なんだか、申し訳ないみたい。

「また明日来るから。ごめんな、ジュディ」そう言いながら、僕の頭に手を置いた優喜くんの顔、悲愴な感じさえしたものね。

だいじょうぶ！　って伝えたくて、思いきり元気に、うぉん！　吠えようとしたら、げほげほげほっ、ひどい咳が出ちゃって、曜子ちゃんは泣きそうな顔になった。

ごめんね。僕のほうこそ、謝りたかったよ。

今頃、ふたりはどうしてるかなあ？——なんてことを考えながら、からだの力をすっかり抜いて、だらっと寝そべっていたら、あれ？　僕、いつのまにか、うとうと眠っちゃったみたい。

ふと目が覚めたときには、もう夕方になっていた。部屋の窓から見える空が茜色に染まっていたんだ。眠ったら、むしろ疲れが出ちゃったのかな？　なんだか、すごくだるい。瞼が妙に重たくて、開けてもすぐに閉じちゃう。きれいな夕焼けだから、しばらく眺めていたいのに。

また眠りかけたら、静かな足音が近づいてきた。薄目を開けたら、獣医の先生とナースさんだった。透明なビニールの向こうから、僕のことをじっと見つめて、ひそひそ声で話しはじめた。

「とりあえず、咳は治まったけど、呼吸が浅いな」

「そうですね。苦しそうですね」

「すこしでも熱が下がってくれるといいんだが、このままだと……」

「……高齢ですしね」

「まあ、とにかく、ようすを見よう」

「先生、今晩、泊まりこみですか」

「……うん。そうなるだろうな。容体が変わったら、飼い主さんにすぐ連絡を取らなくちゃならないから」

なんだろう。ずいぶん深刻な感じ——僕？　まさか、僕のことなの？　そっか、熱があるのか、だから、だるいのかなあ？

なにもかも、いつもとは違う感じ。手足の感覚も、どうしようもなく鈍い。尻尾——そうだ、尻尾を動かしてみよう。ぱたっ、ぱたっ、動くことは動くけど、う—ん、いまひとつだなあ。

眠い、眠い。ていうか、僕、眠っているのかしら。

夢を見ているみたいな気がする。そうだ、僕はまだ眠っていて、これは夢なんじゃないかしら。目覚めたら——それで万事オッケーなんじゃないの？　なのに、ああ、眠くてたまらない。泥の中に沈んでいくみたい。

「起きて」だれかの声がする。

「ジュディ、起きて」

あっ！　知ってるよ、この声。もちろん、知っている。日登美ちゃんだよ。彼女が僕を呼んでいるんだ！　どこにいるんだろう。彼女のところへ行かなくちゃ。ずっと会ってなかったたね、日登美ちゃん。でも、僕はずっと待っていた。日登美ちゃん、日登美ちゃん、子犬のときに教わった。「待て！」って言われたら、待つんだって。いい犬なら、いつまでも、ちゃんと待っていられるものなんだって。

だから、待っていたよ、日登美ちゃん。

会えないから、いつも胸がすうすうしていた。すうすう、すうすう。そのせいで、胸が壊れて、呼吸が苦しくなっちゃったのかな？

今、僕は泥の中を沈んでいく——

いや、でも、こうしちゃいられない。「ジュディ、起きて」日登美ちゃんが僕を呼ぶ声がするんだもの。どこから？　天から？　頭上から。

よしっ。それなら、犬搔きで浮上だ。

僕は足掻いた。足掻いて、足掻いて、すこしずつ上へ上へ。最初はきつかったけれど、だんだん軽くなっていった、からだも。心も。

瞼だけはまだ重たくて閉ざされたままだけれど——

だから、真っ暗闇だ。なあんにも見えない。

「ジュディ、ジュディ」見えなくても、声は聞こえる。

日登美ちゃんの声を聞いていると、どんどん、からだが軽くなるみたい。もう頑張って犬搔きをしなくても、上へ上へ浮上していくのがわかる。

あとすこし。もうちょっとだ——と思った次の瞬間に、額のあたりがぽわっと熱くなって、頭の天辺が、すこんっ！　と抜けた。視界がぱあっと明るくなった。

光だ、今度は眩し過ぎて、なあんにも見えない。

日登美ちゃん、どこにいるの？

地下鉄の階段を上っていって、街路に出た。

夜になったばかりの時間。地下から地上へ。

寒い。鼻の奥で空気がつんとする。栞は足早に歩きながら、幾たびも通った道なのに、どこか知らない場所に迷いこんでしまったみたいな、心もとない気分になっていた。街の明かりも、車のライトも妙に眩しい。

でも、向かう先にはあの家がある——それを思うと、栞は心強かった。あそこには優喜とジュディとクロエがいるのだ。あの気のいい三人組が呑気に和やかに時間を過ごしている。窓からはやわらかな明かりが洩れているだろう。部屋は心地よく暖かいだろう。彼らは共通の言語を持っているわけでもないのに、今頃、それぞれが思い思い勝手にしゃべっているに違いない。わん、だの、にゃん、だの、おいおい、だのと。

長閑に、和気藹々と。

その情景を思い浮かべたら、栞の口元に笑みが浮かんだ。

この道をまっすぐ行って、左に曲がれば公園通り。ちょっと歩けば、広々とした公園があり、カフェ・ルーティーンがあり、路地を入っていくと栞が暮らすマンションも間近だ。いつもならクロエが暗い中ひとりぼっちで待っている部屋に帰るところだけれど、今日は違う——栞が戻っていく場所は、皆がいる、あの家なのだ。

どういった気まぐれだったのかはわからないが、「クロエのこと、預かろうか」と言ってくれた優喜に感謝の気持ちが湧き上がる。栞にとって、この日、あの家に帰るのだ、と思えることは救いだった。

この日——そうだ、とくべつな日だった。

今も街路を歩きながら、ちらっ、ちらっ、と常盤くんの顔や姿が甦る。耳の奥には、まだ彼の声の余韻が残っている——栞は、ほんの一時間ほど前まで、常盤くんと一緒だった。昔よく通った喫茶室で、まるで貧乏な学生みたいに、コーヒー一杯とシュークリームひとつで、ずいぶんと長い時間ねばってしまった。なんだか、別れるに別れられなくて。

正直なところ、とんでもないのんびり屋だと思う。おそらく、栞はずっと、ずっと長いあいだ——常盤くんと会うこともなく、連絡を取り合うこともなく、それでも、彼と別れるに別れられずにいたのだ。そのことに、今日、あらためて気づかされた。別れたつもりだったけれども、そうではなかったらしい。どうやら。

六年間だ。別れを告げて、六年。

桃栗三年柿八年——桃や栗なら木を植えてから三年、柿なら八年で実が生るというが、栞の場合の、この六年。実は生ったのだろうか、どんな実が？　仕事はしてきた、それは間違いない。さまざまな玩具を作ってきた。もがいたり、あがいたりしながらも、そのつど夢中になって。

でも、恋愛については、むしろ実りを遠ざけていたのかもしれない、自分でもそのつもりもなく。おそらく、常盤くんとの再会を、心のどこかでずっと待ち続けていたのだ——いや、待っていたというよりは、刷りこまれていたと考えるほうが、妥当なのかもしれない。心のページに物語が。常盤くんから誕生日に贈られた『日々の泡』が。

だから、猫にクロエと名付けた。路上にすくっと立っていた、あのちいさな黒猫に——生まれて、まだ日の浅い生命だった。きかん気で、こわいもの知らずで、天衣無縫の子猫だった。痩せっぽちで、強い目をして、栞が近づいても逃げ出そうとはしなかった。見て見ないふりはできなかった。連れて帰らずにはいられなかった。一緒に生きることにした。

クロエ。今になってみれば、わかる——常盤くんとは別れたつもりが、別れるに別れられずにいた。けれども、それは、未練、とはまた違うものだった。未練ではなく、刻印、だった——そう。刻印。

ずっと手元に置いていた『日々の泡』——ぼくの栞のために、と記された——常盤くんと過ごした輝かしい日々が、栞にとっては、まさしく恋そのもので、その恋が終わっても、眩しさに目がくらんだままだった。毎日、自分自身にこう問いかけていたにもかかわらず。

次の、あらたな恋の相手。いったい、だれだろう。

どこにいるんだろう、彼は。

なにをしているひと？　どんなひと？

私たちは、いつ出会うの？

栞は夜の公園通りを歩きながら、クロエ、クロエ、とちいさく呼びかけた。口元で白くもわっと雲ができる。

クロエ、今日、ついに常盤くんに会ったよ。会ってよかった。私、長いあいだずっと、ほかのだれかとではなく、常盤くんと、あたらしい恋をはじめたいって望んでいたのかもしれない——だけど、ひさしぶりに常盤くんのそばで時間を過ごして、彼の手を見つめながら思ったよ、クロエ、私はあなたが今いる場所に帰っていきたくてたまらないって。

そう、あの家へ。

栞の手には、はじめてあの家へ行った夜の、優喜の手の感触が今も残っている。しっかりと、温かかった。彼と手を繋いだら、からだの余計な緊張が緩んでいくのがわかった。ときめき、というよりは、やすらぎ——優喜に対して感じたのは、それだった。そして、今、栞にとって必要なもの、求めてやまないものは、それだった。

常盤くんには、だから、今度こそほんとうに「さようなら」を言ってきたのだ。「ありがとう」も言った。常盤くんのおかげで——彼と過ごした時間が、ほんとうに楽しかったからこそ、恋なんて懲り懲りだと思わずに、よきものだと心に刻印することができた。

「なんかさ、すっきり吹っきれた顔してるね」

喫茶室の前で、別れ際に、常盤くんが言った。

「会えてよかったよ、栞にはまたしても振られちゃったけど」

「またしてもって」栞は苦笑した。

「一度目は、私のほうが振られたんじゃないの」

「そうかな？　まあ、あのときは、僕のほうがずいぶん身勝手だったかもしれないけど……そのせいで僕は振られたんだって思ってたよ」

「そういうふうに思うのが、常盤くんの勝手なところね」

すると、今度は常盤くんが苦笑して、

「まあね、そうかもね。でも、とにかく、これだけはたしかだなあ。離れているあいだ、どん底にいるときに、まことに勝手ながら栞のことを思って、苦境を乗り越えたよ」

「うん」栞はうなずいた。

間があった。目の前にいる常盤くんの表情を見続けるのが忍びなく、

「うん」もう一度、うなずいた。そして、そのまま深く頭を下げて、

「常盤くん、ありがとう」

「じゃあ、これで」常盤くんも頑張っていた。微笑んでいた。まるで甲子園球児みたいな爽やかさだった。

「うん。さようなら」

くるりと背を向け、栞はずんずん歩いた。振り返らなかった。角を曲がったところで走り出した、地下鉄の駅まで。胸が痛むのは走ったせいだと思うことにした。涙が滲むのも、もちろん、つめたい風のせい。

でも、そのほんの一時間ほど前のことが、今や遠い出来事に思われる。時間の感覚は謎だ。時系列なんて、ほんとうにあるのだろうか。ロングロングタイムアゴー。栞にとって、六年前も、一時間前も、どちらも同じくらい遥か遠く、ちっちゃな星のように感じら

れてしまう。つまり、この感覚こそが、ついに別れた、ということなのだろう――妙に納得せざるをえない。常盤くんの存在は、二千億光年の彼方に飛んでいってしまった。

そして、ようやく辿り着いた家の前で、栞はふうっと大きく息をつき、呼び鈴を鳴らした。窓から洩れる明かりが頼もしかった。もうすぐ優喜が扉を開けてくれるだろう。ジュディも玄関まで出迎えてくれるかもしれない。クロエは？　優喜の腕の中にいるだろうか。

扉の向こうに足音が、気配が、近づいてきた。それから、かちゃっ。鍵の回る音。ドアが開く一瞬前に、「ただいま」と言っている自分の姿を、どこか高いところから見下ろしているような、不思議なヴィジョンが栞の頭を掠めた。まるで幽体離脱して目にした情景のようだった。

「おかえり」

すると、驚いたことに、扉を開けた優喜はそう言った。

「ただいま」だから、栞は応えた――ほんの一瞬前のヴィジョンのとおりに。廊下の奥の薄闇から、クロエもすうっと現れて、みやあああ、と細い声で鳴いた。クエスチョンマークみたいなかたちに尻尾をくねらせて。

「クロエ、いい子にしてた？」

「もちろん」

でも、優喜の笑みに力がない。

「どうしたの。なにかあった？」ふと胸騒ぎがして、そう訊ねながら、栞は家に上がり、優喜のあとについてリビングルームへ行って――

あれ？　ジュディがいない？

「栞さんが出かけたあと、たいへんだったんだ」

立ち止まって振り返った優喜が、低い声で言った。

よかった、栞ちゃんが帰ってきたわ。
それまでは、この家の中、優喜くんとふたりきり。しんと静かで、妙に時間の流れがゆっくりで、なんだか、こわいくらいだったの。
ジュディが入院したことを聞いて、

「でも、病気だなんて。そんなふうに見えなかったじゃない？」栞ちゃんはそうつぶやいてソファに坐りこんじゃったけど、あたしがそばに行って、励ますつもりで彼女の手を嘗めていたら、いきなり、すっくと立ち上がって、

「だいじょうぶよ」って言った。力のこもった声で。

「戻ってくるわ、ジュディ。元気で、私たちのところに」

そしたら、優喜くんもうなずいて、

「俺も、そう思ってる」って一言。

「ごはんはもう食べた？」今度は、栞ちゃん、そう言ったわ。

「いや、まだ……仕事していたんだ」

そうなの。病院から戻ると、ソファに腰かけて掌を瞼に押しつけて、ずいぶん、つらそうにしていたんだけど——あたし、彼のそばに行って、抱っこしてってお願いして、彼の気持ちがすこしでも慰められるよう、うんといい子にしていたのよ。

優喜くん、あたしがここにいて、よかったって言ってくれた。そして、心の中でものすごく集中して、ジュディに呼びかけていた、ジュディ、ジュディ——声に出さなくても、あたしにはそれがわかった。伝わってきた。

だから、あたしも祈ったわ——ジュディ、ジュディ。

祈ったら、瞬きするたびに、瞼の裏に、光の実がいっぱいの木が見えた。きらきら、きらきら輝いているの。なんて、きれいなんだろう。でも、知っている。これは幻想なんかじゃないんだって。見たことがあるもの。ついこのあいだのことよ。公園で――そう、クリスマスツリーよ。

皆で見たの、あたしたち。

ジュディと優喜くんと栞ちゃんと、あたし。

楽しかった、素敵だった。あの夜のことは、あたしたちの宝もの。ねえ、そうじゃない？　そうだよね？　優喜くんに訊いてみたの、声なき声でね、口だけ動かして、みゃあああ――そしたら、彼、ソファからテーブルへすうっと移動して、広げっぱなしになっていた画材をぼんやり眺めていたと思ったら、急に熱心に絵を描きはじめたのよ。

「え。仕事？　仕事してたの？」栞ちゃんが言った。ちょっと意外そうに。

「うん。週明けまでに描かなくちゃならないイラストがあって」

「偉いね、こんなとき仕事ができるなんて」びっくりしたみたいな――でも、なんていうか、褒めているのと同時に、こんなとき仕事ができるなんて、どういう神経なの？　タフなんだね、そんな微妙なニュアンスが混じっているような言い方だった。

栞ちゃんはコートも脱がないまま身を屈めて、ひょいっと、あたしを抱き上げて、テーブルのほうへ向かったわ。そして、ついさっきまで優喜くんが描いていた、まだ絵の具も乾ききらない絵を、何気ない感じで覗きこんで、

「あ」ちいさく声を洩らしたの。

で、それきり、黙っちゃった。

「それ、まだ描きかけだから」

「うん」栞ちゃんはうなずいて、うん、うん、何度もうなずいて、

「すごくいい絵だと思う」優しい声でつぶやいた。

同感、まったく同感だわ——あたしも、うん、うん、うなずいたんだけど、優喜くん、気づいてくれたかしら。ほんとうに、素敵な絵！

犬の絵だったの。ゴールデンレトリバー。

これって、もちろん、ジュディでしょう?

走っているのよ、草原を。びゅんびゅん、元気いっぱい、全速力で。

ジュディったら走りながら、あはは、あは、あは、笑っているの。まったくもう、あの子らしいことね。嬉しくってたまらないみたい。

陽射しがとってもやわらかくて、草の緑が初々(ういうい)しい。ちっちゃな白い花があちこちに咲いている。清々(すがすが)しい匂いがしてきそう。

ジュディ、どこまでも走っていく。

どこまでも、どこまでも。

ねえ、ジュディ、どこへ行くの？

優喜くんが栞ちゃんの隣に来て、言ったわ。

「これさ、雑誌のカットなんだ。依頼してきた編集者に、早春のイメージでなんでも好きなものを描いていいよって言ってもらって。でも、正直なところ、俺、なにを描いてもいいって言われるのが、いちばん苦手なんだ。好きなものってなんだろうって妙に考えこんじゃったりするからさ。それに加えて、好きなものを描いて、その出来上がりが、なあんだ、この程度の絵なのかよ？　って目の当たりにするのも、こわい気がして……なんか、小心者って感じで情けないけど」

栞ちゃんは首を横に振った。そして、にっこりして、

「ジュディ、気持ちよさそうね」って言った。

「うん。この絵については迷いがなかった。もうすぐだって思いながら、夢中になって描いたんだ」

「……もうすぐ？」

「そう。もうすぐ、ジュディは帰ってくる。年が明ければ、もうすぐ、春が来る。そした

ら、ジュディと一緒に草原に行こう。もうすぐだ、もうすぐ。めっちゃくちゃ楽しみだなあって思いながら描いた」

「素敵ね。私も一緒に行きたい」

いいなあ、あたしも、あたしも！

あたしも連れていってくれるでしょう？

栞ちゃんの顔を見上げたら、口角がきゅっと上がって、今にも唇からくすくす笑いが洩れそうな感じだった。でも、笑うかわりに彼女は言った。

「そうよね、もうすぐジュディが帰ってきて、春が来て、私たちは一緒に草原へ行く。だれにも遠慮はいらないね」断固とした口調だった。決然として、明るかった。この絵の中の青空が、すでに栞ちゃんの頭上に晴れ晴れと広がっているのを、あたしは感じたわ。

「じゃあ、あなたは仕事を続けていて。私、ごはん作るから。なにか食べよう。食べなくちゃ。材料、あるかな？　冷蔵庫、開けていい？」

栞ちゃん、あたしを床の上に放して、コートを脱いで、キッチンへ向かっていった。そして、冷蔵庫を開けて、

「わあ。なにもない」

「ごめん、男所帯だから。デリバリーでピザでも取る？」

「ううん。私、お買い物に行ってくる」

栞ちゃんにしてはめずらしく、強引な振舞いね。でも、彼女も一生懸命になっていたのよ。わかるわ、その気持ち、あたしにもわかる。

脱いだコートをまた着て、栞ちゃんは慌ただしく出かけていった。まあ、はっきり言って、優喜くんはちょっと呆気に取られたようすだったけれど、やがて絵を描く作業に戻って――

あたしはソファの隅っこに丸くなって、ひと休み。このモスグリーンのソファ、ジュディのお気に入りなのよね。ほら、あの子の毛があっちこっちについてるわ。匂いもする、懐かしいジュディの匂い。日向と埃の。ザ・犬って感じの獣臭も混じっている。

もうすぐ――あたしも信じることにした。

もうすぐ、もうすぐ――それは祈り。

ジュディ、また一緒に。もうすぐ、ね？

ちょっとだけ微睡んだつもりが、ことことことこと……あれ？　なんだろう、調子のいい音がする。いつのまにか、栞ちゃんがもう帰ってきていて、キッチンで玉葱を刻んでいた。

「お待たせ。しばらくしたら、ごはんにしよう」

テーブルの上は画材でいっぱいだから、床に木綿のテーブルクロスを敷いて。家の中だけれど、ピクニックみたいにして、夜のごはん。

献立はトマト煮のロールキャベツ、それから、これはなにかしら？

「人参の味噌バター炒め。美味しいのよ、食べてみて」

「へえ。味噌とバター、組み合わせる？」

「曜子ちゃんから教わったの。カフェ・ルーティーンのランチの付け合わせで出てきたことがあってね」

あら、そうなの？

「いただきます！」食べはじめたふたりのそばに、あたし、ちょこんとお坐りして、気持ちだけでも参加しようとしていたら、

「そうだ、クロエにも、ごはん」そう言って、優喜くんがちいさなお茶碗に、かりかりのキャットフードを入れて、あたしの目の前に置いてくれたの。ほんとうにもう、なんて優しいの！　胸がじんとしちゃった。

テーブルだったら、こうはいかない。ピクニック形式だから可能になった、あたしも、皆と一緒にごはん。こんなふうに人並みに時間を過ごすことに、ずっと憧れていたような気がする——そりゃあ、人並みより猫並みのほうが、ずっと素敵なことも多いんだけど

ね。

優喜くんも栞ちゃんも、たくさん食べた。頑張っているなあって、あたしは思った。食欲がない、なんて言わずに、ふたりは頑張って、食べていた。食べることに口を使っているから、しゃべることには口を使うことができない――そんな雰囲気を装いながら、余計なことは話さないようにしていたみたい。

そうよね、口を開いたら、つい「ジュディのことが心配」とか言ってしまいそうだけど、言っちゃだめだと思ってたんじゃないかしら。そりゃあ、あたしたち皆でごはんを食べていると、ここにジュディがいない――あの子の不在が痛烈に感じられちゃうわけだけど、たぶん、優喜くんも栞ちゃんもあたしも、がむしゃらに信じていたの。

もうすぐ。ジュディ、また一緒に。

そして、ごはんを終えてから――あたし、階段を上っていったの。なにかに呼ばれているような気がして。明かりの点いていない真っ暗な廊下を歩いて、すうっと引き寄せられるみたいにして、薄く開いたドアから部屋の中へ入ったわ。いい匂いがした。植物の匂い。花の匂い。

どうして。花が咲いているの？

ここはどこだろう。そうだわ、ここは日登美ちゃんっていう女の子の部屋なんだっけ。

あたしは花の匂いに包まれて、やわらかな眩暈(めまい)を感じた。ものすごく気持ちがよくて、こわいくらい。

なんだろう、これ？

ジュディ、どこにいるの？

10

食後には、生姜（しょうが）入りのほうじ茶——夕食を料理してもらったお礼に、優喜がお茶を淹れた。ぽってりと厚い陶器のマグカップを渡しつつ、

「ビスケットもあるけど、どう？」と訊ねると、

「ああ、うん。お気遣いなく」栞は微笑みながら首を横に振り、すすすっと静かな音を立ててお茶を啜った。そして、

「あ。ほんのちょっとだけ辛いんだね。舌の先がぴりっとするみたい」

「うん。乾燥生姜が入ってるから。からだがあったまるよ」

「なんか、喉にもよさそう」

お茶を飲みながら、流しの前にふたり並んで、食事の後片づけをした。優喜が鍋や食器していたみたいに。


を洗って、手渡されたそれを栞が拭いて——息の合った流れ作業だった。まるで毎晩そう
「今日は、来てもらってよかったよ。そうじゃなかったら、今頃、俺ひとりで、どれだけ心細かっただろうって思うもの」

「うん。だけど、そもそもクロエを預かるって言ってくれたのは、広瀬さん、あなたじゃない？　だから、私たち、ここにいるのよ」

「……そうだよなあ。いいタイミングだった」

「勘がいいのね、きっと」

「どうだろ？　なんか偶然……」

「そうね、偶然……でも、ちょっと大袈裟なことを言うようだけど、必然？」

　栞の言葉に、優喜もうなずいた——偶然ではなく、必然。

　この世のすべて、なにもかも——偶然に見えることも、ただひとつの例外もなく、実は必然なのではないか。とりわけ、今このとき、栞が隣にいることが、優喜には有り難く——有り難いからこそ、単なる偶然ではないように思えた。

「なんたって、栞さんと俺、皿洗いの息もぴったり合ってるし」わざと軽々しく茶目っ気をこめて言うと、

「ほんとね」栞はくすっと笑った。

ジュディはどうしているだろう、あのペットクリニックで。もう眠っただろうか、苦しんでいないだろうか——獣医から電話がないということは、とりあえず小康状態にあるということなのだろうけれど。

食器を洗い終えると、栞が電子レンジに付いているアラーム時計にちらっと目をやったので、優喜はふと胸苦しいような気持ちになった——もう遅いね、帰らなくちゃ、と今にも栞が言い出しそうで。

でも、栞は布巾を丁寧に畳みながら、

「さて、もう一杯、お茶をいただこうかな」と言った。そして、やかんに水を入れ、火にかけた。腕を伸ばしてガスレンジの火に両手をかざしている。ちいさな手だ。ちょっと見惚れてしまう。男の手とはぜんぜん違う。なんだか、裸みたいだ、と優喜は思った。

もちろん、手袋でも着けていない限り、手は常に肌をさらしているわけだけれど——栞の手が〈裸みたい〉に感じられるのは、つまり、あんまり無防備で、生き生きとしていて、それゆえ、なんだか色っぽくて。

冬なのに裸んぼう！

こんな場所——キッチンで。火にあたっている。

「寒いの？」訊ねたら、

「ていうか、ガールスカウトの気分かなあ？　ほら、生活の中で火を目にすることって、実はあんまりないでしょう？　子どものときは、父が煙草を吸っていたから、ライターの、ちっちゃな火を日常的に見てたけど、私は煙草は吸わないし、ご近所で焚火を見かけることだってぜんぜんないし、今時はもうキッチンだけじゃない？　火を見ると、なんだか、ほっとする。ほんとは、小枝にマシュマロを突き刺して、焙って食べたいところだけど」

「屋内焚火？　それとも、屋内キャンプファイヤー？　コンビニにひとっ走りして、マシュマロ、買ってこようか」

リビングルームの床にギンガムチェックのテーブルクロスを敷いて屋内ピクニックをしたあとは、今度は屋内キャンプファイヤーか――

「野蛮さに欠けるよ」ふと優喜がつぶやくと、

「そうね」と栞は言って、真顔でじっと優喜を見つめ、

「野蛮さに欠けるよ」鸚鵡返しに言った。

なにやら挑発的だった。変な女だ――そのことは、かつて夜の公園を走り出したときから知っていた。

どうしよう? 優喜がわずかに躊躇しているうちに、栞のほうからすうっと顔を近づけてきて、素早く唇を触れ合わせた。ほんの一瞬のことだ。瞼を閉じる間もなかった。しまった、先を越された、と優喜が思ったときにはもう、触れていた唇は離れていた。

でも、まだ間近にある栞の瞳は、からかうみたいな表情を漂わせていて——ちょっと猫みたいだ。クロエに似ている。くくくくっと喉を鳴らす音が聞こえてきそうだ——優喜は挑発に乗ることにした。こうなったら、なにも考えられない。妙にぴかぴか光っている栞の瞳に引きこまれるようにして、今度は優喜のほうからしゃにむに唇を合わせた。視界の端でしゅんしゅん、しゅんしゅん、やかんが湯気を上げている。

栞の唇はやわらかかった。マシュマロみたいに? コンビニで買ってくるまでもなく? いや、マシュマロよりもっとやわらかくて、不思議な感触でかたちが変わる。思えば、優喜はキスをするのは久しぶりで——こんな感じだったっけ? 皮膚の表面が痺れて、しゅわしゅわした。まるで、透き通った炭酸水の中、ゆっくりと沈んでいくみたいな。沈む、沈む、スローモーションでどこまでも沈む。溺れるんだろうか、これじゃあ息ができない——重力と浮力がせめぎ合う。

気持ちがいい。と同時に、なんだか苦しい。このまま、もっと沈んだら、これまで自分がいた場所に、もう戻れなくなるんじゃないか。

やばい？　と思った次の瞬間に、からだが急浮上して――はっとして、目を開けたら、栞の瞳が潤んで、優しい色を浮かべ、じっと優喜の目を覗きこんでいた――彼女はずっと瞼も閉じずにキスをしていたんだろうか。

唇を離して、優喜は慌てて息を吸った。キスをしているあいだ、あまりに夢中になっていて、息をするのを忘れていたらしい。栞が優喜の肩を両手で軽く押して、囁くような声で言った。

「ねえ、火を消さないと」

そうだ、やかんを火にかけっぱなしだった。しゅんしゅん湯気が上がって、流しの上の窓ガラスがすっかり曇ってしまっていた。

「もう空っぽになりかけてる。お湯、また沸かしなおそう」ガス台のレバーを捻ってから、やかんをちょいっと持ち上げて栞はつぶやいたけれど、

「いいよ、お茶はもういいよ」と優喜は言って、すこし乱暴な仕草で栞の手を引っ張って、リビングルームへ行った。部屋の隅のソファに並んで腰かけて、キスの続きを――目をつぶって唇を合わせながら、優喜はどうしようもなくジュディの匂いを感じた。当然だ。ここはジュディのお気に入りの昼寝の場所だったのだから。ジュディが病気でクリニックに入院して、今まさに苦しんでいるかもしれないときに、俺はキスを――女の子と

キスを——でも、これでいいんだ、と思った。これでいいんだ。これでいいんだ。

心臓の鼓動が高鳴って、血流がはやくなり、欲望でからだがはちきれそうだ——優喜にとって、久しくなかったことだ。生きている、そのことを感じた。響子と別れてから、ずたぼろになっていた心とからだが、ものすごい勢いで回復しつつあるような。

元気になれ、元気になれ、野蛮になれ——自分自身を励ますことが、ジュディに対する祈りになるのだと信じられた。

優喜が首筋に口づけながら、背中に手を回してワンピースのファスナーを下ろそうとしてもたつくと、栞はもどかしそうに身を捩(よじ)って、その手をやんわりと払いのけ、優喜のセーターの裾をめくって、

「あなたも脱いでよ」きっぱりとした声で言った。

その口調に、ちょっとたじろぎつつ、

「ああ、うん。ここでいい?」

「ここでいいわ」

「寒くない?」

「今はすこし寒い。だから、寒くないようにしよう」

互いに、相手の手を借りるまでもなく、自分で自分の服は脱いだ。下着も潔く、さっさ

と躊躇せずに。こういう場合、恥ずかしがるほうが、よほど恥ずかしいんだな、と優喜が思ってしまうほど、栞は毅然とした表情で服を脱いでいた。

「すごいなあ」つぶやいて、優喜は笑い出したくなった。

「なにが？」栞の瞳も悪戯っぽく輝いている。

抱き合ってソファの上にくずおれた。ふたりで横になるには、あまりに狭いスペース。でも、優喜も栞も、器用に存分にからだを動かした。栞がソファから落ちそうになると、優喜が腕を伸ばして支えた。

床までほんの三十センチほどの高さだけれど、

「ねえ。落ちたら、どこまでも、ひゅうっと落ちていきそうじゃない？」栞が真剣なまなざしで言ったから、

「じゃあ、栞さんが落ちるときには、俺も一緒に」と優喜は応えた。

「それもいいかも」

「めちゃくちゃ、いいさ」

楽しかった。夢中になった。寒さを忘れた——それでも、優喜は頭の隅で、いつもジュディのことを思っていた。

もうすぐだ、もうすぐ。いや、まだだめだ。もっとだ——優喜は栞に受け入れられ、彼

女の滑らかさ、温かさ、やわらかさに包みこまれながら、恍惚(こうこつ)として——からだ中の細胞が目覚めていくのを感じていた。

まるで、長い間ずっと、凍えて眠っていたみたいだ。自分が眠っていることにも気づかずに。ああ、生きている、生きている、胸の中で繰り返しつぶやいた。

なんだろう、この光は?
ついさっきまで、僕、闇の中にいたんだよ。ゆっくりと泥の中を沈んでいく感じ。でも、日登美ちゃんが僕を呼ぶ声が聞こえてきたから、足搔(あが)いているうちに、だんだん、からだも心も軽くなっていって——あとすこし、もうちょっと、と思った次の瞬間に、すこんっ! 頭の天辺が抜けたんだ。そして、ほら、このとおりさ。光のシャワーだ。降り注ぐ、僕のからだに。眩しい。これじゃあ、なにも見えないよ。
日登美ちゃん、どこにいるの?

呼びかけていたら、すこしずつ、光に慣れてきたみたい。見えてきた、わかってきた――なんと、僕、いつのまにやら、沼？　池？　とにかく、泥っぽい水の中に落っこちちゃってたらしいんだよ。今は足をゆらゆら動かしながら、ぷかっと水面から顔だけ突き出している状態で――

おや？　すこし離れたところに白い花。

睡蓮だ。池に浮かんでいる。スリットが入った丸い緑の葉と一緒に。すごくきれい。大きくて、堂々としている。流線型の花びらが、八枚かな？　九枚かな？　すうっ、すうっ、と天に向かって開いている。この池の水は泥っぽく重たく濁（にご）っているんだけれど、あの花はちっとも汚れていなくて真っ白だ。おまけに、清々しい匂いもするよ。

僕、だから、胸いっぱいに空気を吸いこんでみた。あの花の匂いで、からだの中を満たしたら、どんなに素敵だろうと思ったんだ。どんどん吸いこむ、もっと、もっと。やっぱり、すごく気持ちがいい。

なんだか、生まれ変わったみたいな気分だよ。だって、さっきまで、どうしようもなく咳が出て、胸が痛くて苦しくてならなかったのに、今は、ぜんぜん、だいじょうぶ。不思議だね。

嬉しくなって、うぉん！　あの花の匂いのおかげで。

ありがとう、の気持ちをこめて一声、元気に吠えてみたら、

「ジュディ、よかった！」って。

日登美ちゃんの声だった。

そうだよ、僕、日登美ちゃんの声に導かれて、ここまで来たんだった。睡蓮に見惚れて、一時そのことを忘れていたよ。どこにいるの？　懐かしい日登美ちゃんの姿を探して、またぐるっとあたりを見回した。今度こそ、きっと見つかるって気がしたんだけれど、やっぱり、いない。どこにも、いない。声だけが聞こえてくるって、どういうこと？

うぉん！　もう一声、吠えずにはいられなかった。なんだか、しょんぼりした声になってしまった。うぉぉぉぉぉぉん！　お次は遠吠え。僕、都会の犬だから、めったに遠吠えなんてしないんだけどね。

こんなに遠くまで来たっていうのに、それでも、僕は日登美ちゃんを見つけることができないのか――そう思ったら、情けないやら悲しいやら。あえてずっと考えないようにしていたことも、つい考えちゃったよ。もう二度と、僕、日登美ちゃんに会えないのかなあ？　って。

だめだ！　ぜったいに、それだけは考えないようにしていたのに――もう二度と会えない？　また胸が痛くなりそうだった。いや、それどころじゃない。胸が張り裂けそうだっ

た。うぉ……ちいさく呻いたら、目が熱くなって、涙がこぼれた。ぽろぽろ、ぽろぽろ。

知ってた？　悲しくて、どうにもならないときには、犬だって涙を流すんだよ。鳴くんじゃなくて、泣くんだ。日登美ちゃん、僕は男の子だから、どんなときも泣かないつもりだった。でも、会えないのは悲しいよ、もう我慢できないよ。僕、日登美ちゃんに会いたい一心で、とにかく、ここまで来たんだよ——この池へ。どことも知れない、この場所へ。

いったい、ここは、どこなんだろう？

僕、ひとりぼっちだよ。

ここへ来たら、もう帰れないの？

まったくもって心細い。途方に暮れて、ぽろぽろ、ぽろぽろ、僕は泣いた。涙の雫が池に落ちた。ぴしゃん！　ぴしゃん！　水面に波紋ができる。ゆっくりと広がっていく。まなざしの先で、白い睡蓮が微かに揺れた。大きな花弁を震わせた——僕の涙の波紋のせいで？

あの花が優しくうなずいてくれたようで嬉しかったけれど、いっそう悲しくなって、泣いた、泣いた、僕は泣いた。そしたら、天まで泣き出した。雨が降ってきたんだ——大粒の、温かい雫。

ぱらっ、ぱらっ、僕の耳や額のあたりに二粒、三粒、落ちてきたと思ったら、あれ？　たちまち、ものすごい大降りになった。スコール？　視界が雨のカーテンで閉ざされた。白い睡蓮が見えなくなった。

たいへん！　土砂降りだよ。泣いている場合じゃないって思った。あの花、だいじょぶだろうか。この激しい雨に打たれ、叩かれ、無事でいられるものかしら――やわらかそうな花弁なのに。なんだか居ても立ってもいられなくなって、僕はまたしても犬掻きで泳ぎ出した――白い睡蓮のほうへと。守れるものなら、守りたいと思って。

守れるだろうか。僕の力で、だれかを？　なにかを？　がむしゃらに、そのことを信じられる？　泳ぎながら、考えずにはいられなかった。

子犬のときからずっと、僕は日登美ちゃんのことを守りたいと思っていたけれど――ほら、『オズの魔法使い』の、案山子やライオン、ブリキの木こりみたいにね。ドロシーと一緒に旅をして、エメラルドシティを目指して、意気揚々と前進するんだ。

ジュディっていう、僕の名前は、なんたって映画『オズの魔法使い』でドロシーを演じた、ジュディ・ガーランドからもらったものなんだから。でも、僕にとってのドロシーは、もちろん、日登美ちゃんなんだ。

一緒に旅をする、どこまでも、いつまでも――そのつもりだったのに、日登美ちゃんと僕は離ればなれになっちゃった。

お父さん、お母さん、日登美ちゃんは三人で外国で暮らしていて、そのあいだ、僕はお留守番なんだって――おばあちゃんも曜子ちゃんも言っていたけれど、たぶん、それは嘘。なんとなく、気づいていた。

じゃあ、ほんとうは？

日登美ちゃんは、どこに？

守れるものなら、守りたいよ。土砂降りの雨に打たれて、とにもかくにも、僕は泳いだ。幾重（いくえ）にもなった雨のカーテンをくぐっていく。今いる場所とは違う世界へ。一瞬ごとに違う自分へ。僕たちは移行していく。

生きているって、瞬間、瞬間の連続だものね。

一瞬ごとに、違う自分になっているんだと思うよ。

ついさっきまで、さほど遠くないところに、白い睡蓮が見えていたはずなのに、なんだか、ずいぶん泳いだような気がする。もしかしたら、ぜんぜん見当違いの方角へ進んでいるんじゃないかって不安になった頃――ふわっと、あの清々しい匂いがしたんだ。雨の中でも、ふわっと。

そして、僕の目の前に、白い睡蓮――凜としていた。雨に打たれても、叩かれても、へいっちゃらな感じ。さすがだね、頼もしい。

「やあ。こんにちは」僕、思わず挨拶しちゃったよ。

そしたら、白い花も言った。

「こんにちは、ジュディ」って。

「あれっ？　どうして」すっごく、びっくりした。

だって、日登美ちゃんの声だったから。

「日登美ちゃん？　日登美ちゃんなの」

「そうよ、ジュディ。やっと気づいた？」そう言って、白い睡蓮はくすくす笑った。流線型の花弁を左右に楽しげに揺らして。

「ここにいたんだ、日登美ちゃん。僕、ずっと会いたかったんだよ」

「うん。知ってる。わたしも会いたかった。わたしがいなくなってから、ジュディが頑張ってたこと、ちゃんと知ってたよ」

嬉しかった――大好きなひとに、わかってもらっているって、たいせつなことだよね。長いあいだ、淋しくてたまらなかったことなんて、一気に吹き飛びそうだった。そっか、日登美ちゃん、きみだったんだ？　この白い睡蓮の清々しい匂いのおかげで、僕の胸の痛みが消えたのは当然だね。

「日登美ちゃん、よかった、会えて」

「うん。よかった、ジュディ」

「僕、待ってたんだよ。ぜったい、また会えるって信じてた」

「信じていてくれて、ありがとう。だから、わたしたち、こうして会うことができたんだね」

僕は大きくうなずいた――そうだ、信じていたから会えたんだ。とにかく信じ続けていた。でも、疑ったら、おしまいだと思っていたんだ。

でも、こんなふうに再会するなんて――びっくりだよ。

「ねえ。日登美ちゃん、どうして、お花になったの？」

「さあ？　死なずに生きようとしたら、こうなったの。ジュディ、わたし、事故に遭って大怪我をしちゃったのよ。死んでもおかしくなかったのかもしれない。でも、わたしのたましいは、死を選ばなかったの」

「死なずにいたら、白い睡蓮になったの？」

「ジュディ、あなたから見ると、わたしは白い睡蓮なのね？　だけど、ほかのだれかは、わたしという存在に、まったく違うものを見るのかもしれない。現実って呼ばれている世界の、時間や空間やからだを離れて、あなたのたましいと、わたしのたましいが触れ合うと、わたしは白い睡蓮になる。そういうことよ」

「じゃあ、白い睡蓮は、僕だけの日登美ちゃんなんだね？」

「そうね。そういう言い方もできる」

「すごくきれい。日登美ちゃん、いい匂いもする」

「あなたのおかげで、わたし、きれいな白い花になれたんだわ。ありがとう、ここまで会いにきてくれて」

「うん。ずいぶん遠かったよ」

「そう？　そんなふうに感じた？　でも、ほんとうは遠くはないのよ……遠くも近くもないの。距離なんてないの、時間もないの、ここには」

「……ここは、どこなの？」

「ジュディ、あなた、たぶん、命がけで来てくれたのよ。そう、命がけだったと思うわ、わたしのために」日登美ちゃんは静かな声で言った。

「……それで、答になっている？」

僕はうなずいた。わかるような気がしたんだ。これから、どうするの、僕たち？　訊きたかったけれど、ここには〈時間〉がないのなら、〈これから〉なんてこともないのかな？　だから、黙っていた。

ずっと、このまま、ここに——それもいいなあ、と思って。

白い睡蓮になった日登美ちゃんと一緒に。いつまでも。

なんだか、とてもやすらかな気持ちになって、僕、ふと天を見上げたんだ。あれ？　いつのまにか、雨が小降りになっていた。雨の雫、一粒、一粒が輝いて見えた。ちっちゃな水晶みたいに。そして、天は眩しい銀から青に色を変えていった。晴れてきた、晴れてきた。

うぉんっ！　なんと！

ゆっくりと七色の曲線が浮かび上がってきた。

虹だよ！　日登美ちゃん、虹がかかってる！　そして——

シャンプーの泡をお湯で流しながら——人生ってなにがあるか、わからない。ここは、どこだろう？　栞はふと髪を洗う手を止めて、足元をじっと見つめた。見慣れないかたち

のタイル。他人の家のお風呂場。

素っ裸でシャワーを浴びている——朝には予想もしていなかった展開だ。ざあざあ、ざあざあ土砂降りの雨みたいな音。もうもうと立ちこめる白い湯気には、馴染みのないシャンプーの香り。

「これでよし」栞はつぶやいてみた。

「よし、よくやった」と。

とにかく、ここまで来た——大胆不敵に振舞った、と思う。たかがセックスではあるけれど、これをするには勇気がいる。ええと、何年ぶり？　考えようとしたものの、よくわからなかった。とりあえず、勢いに任せて、やっちゃえ、といった類いのことが、まったくない人生を送ってきたのだ。

受け入れた、でも、彼をちゃんと受け入れた。

栞は、あたらしい自分になったことを感じていた——決して大袈裟に捉えているわけではなく。かちっ。音を立ててチャンネルが変わって、身に纏う周波数が上がった気がするのだ。

そして、これまでとは違う世界へ。

シャワーを終え、借りた男物のパジャマを着て——もちろん、大きすぎるから裾や袖を何重にも折って――濡れた髪にターバンみたいにタオルを巻き、リビングルームに戻ると、優喜はソファに腰かけて電話でだれかと話していた。

「……ああ、うん。とりあえず、今のところ、クリニックから連絡はないから、だいじょうぶなんだと思う……うん、うん……じゃあ、松江さんには、ジュディのこと伝えておいてくれるかな？ ……うん、そう……いやあ、心配かけるのも申し訳ないけど、そのほうがいいよね？」

相手は曜子ちゃんだろう、と察した。

「うん。なんかあったら、また電話するよ。夜中でもなんでも……うん、わかってる。じゃあ、おやすみ」

そばへ行くと、優喜は意気消沈した顔を上げた。ちょっと離れていただけなのに、そのあいだに優喜はすっかり萎れている。今夜は、やっぱり、この家に泊まることにしてよかった、と栞は思った。手を伸ばして、彼の頭をくしゃくしゃっと、ちょっと乱暴に撫でた。

「だいじょうぶ。なにもかも、いい方向に進んでいると思う」ふと口をついて出た言葉だったけれど、気休めのつもりはなかった。

ジュディが病気にならなければ、今、私はここにいない――それを考えると、栞はあの大きな、優しい目をした犬が、はからずも縁結びの導き手だということに感謝せずにはいられない。そして、優喜を受け入れたとき、かちっ、チャンネルが変わって、たしかに周波数が上がったのだから、ジュディが元気にならないはずがない。とにかく信じよう、がむしゃらに信じよう、と栞は思った。それ以外に打つ手があるだろうか。

「優喜くん、シャワー浴びてきたら?」

「うん、あとで」

一緒にいたいのだろう、子犬みたいな目をしている。

「じゃあ、お茶淹れようか、ね?」

栞がキッチンへ向かうと、優喜も後ろからついてくる。片時も離れたくない、といったようすで。可愛いひとと、と栞は思った。くるっと振り向いて、背伸びをして素早く彼にキスをした。

優喜はびっくりした顔をしている——それも可愛い。

やかんに水を入れて火にかけ、戸棚の中にカモミールティーを見つけ、それから、流しに置きっぱなしになっていたマグカップを手に取って、

「あれ?」栞はちいさく声を洩らした。

「虹だわ」見つけたのだ、唐突に、それを。

「え？」と優喜。栞の肩越しに顔を突き出して。

「ねえ、虹。このマグカップに虹のイラスト」

「ああ、それ、俺が描いたやつ。何年か前に雑貨の企画があって。もう、たぶん売っていないけど。入手不可能」

「そうなんだ……」栞は奇妙な感覚にとらわれて、首を傾げた。

「でも、なんか、おかしくない？　さっきは、このイラストついてなかったでしょう？　違う絵だったか、そうじゃなかったら無地だったか……」

「はあ？」

「私たち、食後に生姜入りのほうじ茶を飲んだじゃない？　あのときも、このカップ、使ったでしょう？　だけど、虹の絵はついていなかったよ」

「……なんの話？」優喜は怪訝そうに栞の顔を覗きこんだ。

記憶違い？　見逃していただけ？　もちろん、そう考えるのが、真っ当なのだ。栞にも、それはわかっていた。普段なら、さほど気にも留めなかっただろう。けれども、そのときは、目に飛びこんできた虹の、その存在感があまりに鮮やかで——あり得ないほどに。

「なかったよ。さっきは、なかった」声が裏返ってしまった。とにもかくにも、優喜に伝えたかった、それはたしかに今、現れたのだ、と。

「あったら、気づいていたはずよ。この虹を見逃すなんてこと……」

するとと、優喜は軽く肩をすくめ、

「なに、むきになってんの?」と笑った。そして、ちょっと照れているのだろう、ぶっきらぼうな調子で、

「食後にお茶を飲んだとき、このカップだったかどうかなんて、はっきり言って憶えてないよ。俺、栞さんのことしか見てなかったから。でも、流しに置いてあったんなら、そりゃあ、これを使ったんだろう? てことは、虹の絵はあったんじゃないの?」

そうじゃない、わかってない——ちゃんと伝えられないもどかしさに、栞が黙りこむと、優喜はふとやわらかな表情になって、

「つまり、いい絵だって褒めてくれてるの?」と言った。

なんだか、栞は泣きたくなった。ほかにどうしようもなくて、

「そうね。うん」と応えて、優喜の胸に頭をこつんとぶつけた。いい絵であることは間違いない。この虹ならば、陶器のマグカップに現れたり消えたりしても、当然のようにさえ思える——真っ青な空に、くっきりと。

「そういえばさ、この絵を描いた頃、俺、結婚しようと思ってたんだよなあ。なんか、め

っちゃくちゃ気持ちが盛り上がってた」

「え。結婚？」

「うん……前の彼女のことだけど。そんな話、聞きたくないか」

「いいの。言って」

「……俺、彼女のこと、ものすごく好きだったんだ。結婚したい、結婚しよう、と思ってた。彼女の両親にもちゃんと挨拶もしてあったし、あとはもうタイミングだけって感じだった。でも、俺たち、もう一緒に暮らしはじめていたから、籍を入れるのが、なんとなく先延ばしになっていて……とりあえず、日々の生活は楽しくて、うまくいっているんだから、べつに今のままでもいいや、子どもができたら正式に籍を入れればいいか、なんていう緩い気分にもなってた。その頃、不思議なくらい頻繁に虹を見たんだ。あれはなんだったんだろうなあって思うよ」

「虹を？……絵じゃなくて？」

「いや、ほんものの虹。彼女と一緒に暮らしていたマンションのベランダからも見た。それから、ふたりで旅をしたとき、ハワイでも、北海道でも、神戸でも。やたらと見たよね。あれ？　また虹だ！　って感じ。だから、その絵を描いたんだ。そりゃあ、描かずにはいられなかったよ」

「そうなの」ぼんやりうなずきながら、栞はあらためてマグカップの虹に目をやった。じっと見つめるうちに、いっそう色鮮やかになっていく。

「でも、結局、彼女とは結婚しないで、別れることになった。俺、今になって思うけど、自信とか責任感とか足りなかったんだ。だから、彼女に愛想を尽かされちゃったんだなあ。まあ、彼女、俺よりできる女だったんで、つい俺も遠慮がちになっちゃったんだけど、彼女にしてみれば、もどかしかっただろうね。薄情だって、なじられたりもした。で、ふたりの関係がこじれてきたら、虹も見なくなった……」

「自分のこと責めないで」思わず、栞は言った。優喜の手を握って。

「責めちゃ、だめよ。いいのよ、よかったのよ、それで。そうじゃなかったら、私、あなたに会えなかったもの、ね？」

優喜も無言で、栞の手を握り返してきた。ちょっと痛いくらいに強く。

なんだろう、この懐かしさは――栞は彼の手を、ずっと昔から知っていたような気がしてならない。この手を離しちゃいけない、と思う。

なんだか、もう、どうしようもなく切実な気持ちになって、

「ねえ、私たち、結婚しましょう」あえて、考えずに言った。

素直に――素直に――馬鹿でもいいから。

「えっ？」

「私、あなたと結婚するような気がするの。べつに一緒に暮らさなくてもいいの。籍を入れるかどうかも、どうだっていい。私たち、たましいの結婚をしましょう」

「……たましいの結婚って？」

「わかんない。わかんないけど、まずは、たましいの結婚よ」どこから出てきた言葉なのか、すらすらと口をついて出る。優喜が描いた虹を見ていたら、生まれてきた言葉——言ったあとで考えた。

「たましいの結婚って、なんだろう……そうだね、わかんないね。だから、じゃあ、やっぱり、一緒に暮らそう。籍も入れよう」

優喜が黙ったままうなずいて、ぎゅっ、ぎゅっ、ぎゅっ、なにかの合図みたいに、栞の手をさらに強く握った。そして、栞が頭に巻いていたバスタオルを解いて、頭の天辺に唇をつけた。

ちょうど、つむじのところに——流れ星がひゅうっと落ちてきたような、栞はそんなエネルギーを感じた。

ジュディ。ジュディ。どこにいるの？

闇の中、あたし、呼びかけてみたわ——ここは日登美ちゃんっていう女の子の部屋。なぜなのかしら、とってもいい匂いがする。花の匂いよ。

そして、だれかの気配——だあれもいないはずなのに。

ジュディ、あなたなの？　ねえ。

しんと静か。闇にすべての音が吸いこまれてしまうみたい。なんだか、こわい。でも、とっても気持ちがいい。この花の匂い、いったい、なんだろう？　日登美ちゃんの匂いかしら。あたし、直感でそう思ったの。

もしかしたら、今、たった今、ジュディと日登美ちゃんは会っているのかもしれない——そんな気もした。うん、きっと、そう。間違いない。猫の勘は鋭いのよ。みゃあ。あたしはちっちゃく鳴いてみた。

よかったね、ジュディ。

ずっと会いたかったんだものね？

会いたいひとに会えずにいるのは、きっと、とてもつらいこと――今日、あたしにもわかったわ。ジュディがクリニックに行ってしまって、ひとりぼっちでこの家に残されたときに、ね？　このまま、ジュディが戻ってこなかったら――そう思っただけで、胸がしくしく痛くなった。

だから、ジュディが日登美ちゃんに会えたのなら、よかった、ほんとうに、よかった。あたしも嬉しいわ。でも、いつまでも、そこにいちゃいけないような気がするの。そこって、どこ？　よくわかんないけど。

世界は、ここ、だけじゃない――あたしも、ときどき、積極的にあちこちへ出かけていくから知っているのよ。眠っている時間が長いのは、そのせいなの。ここだけで生きなくちゃいけないんだとしたら、どれほど窮屈なことだろうって思う。だけど、ねえ、帰るときにちゃんと帰らないと――そのタイミングをわきまえていないと、危ないのよ。うっかり度を越して長居していると、帰りたくても帰れなくなることだってあるんだから。

正直なところ、あたしは心配でならなかった。ジュディ、ジュディ。花の匂いがあんまり素敵だから、あなたはそこに居続けるんじゃないかしら。ここへは戻ってこない――もちろん、それもひとつの選択肢だとは思うわ。あたしもどこかへ出かけていって、そこが気に入っちゃうことってある。でも、それっきり戻らなかったら、栞ちゃんが悲しむかな？　可哀想かな？　って思うのよ。だから、ここへ帰ってくる。

ねえ。ジュディ、あなたはどうなの？

あたしたちのこと、忘れちゃうの？

よしっ。とりあえず、ジュディのようすを見てみるか。あの子が今どうしているか――あれこれ心配して、気を揉んでいてもしようがないから、あたしは猫アンテナを使うことにした。前肢をちょちょいと嘗めて、ぐりぐりぐり。耳の後ろを擦ってチューニング。ジュディ、ジュディ、あの子のことを念じながら、波長を合わせて――えいやっ、もっと集中して。

　ぐりぐり、ぐりぐり……ほら。だんだん見えてきたわ。仄暗(ほのぐら)い中、たくさんのケージがある。犬もいる、猫もいる。どんぐり動物病院ね。ジュディはどこ？　ぐりぐり、ぐりぐり……あっ、いた。いた。ジュディ！

　あらまあ、ビニール製の、透明なテントみたいなところに入れられて、ぐったり横たわっている。尻尾が、ときおり、ぱたって動く。でも、よかった。もう咳はしていない。寝顔も穏やか。なんだか、微笑んでいるみたいじゃない？　深い、深い眠りの中にいる。ジユディ、気持ちがいいのね？　日登美ちゃんのそばにいるのね？

あたしも、そこへ行きたいわ——そこっていうのは、どんぐり動物病院じゃなくて、ジュディ、あなたのたましいがいる場所。

行きたい、行きたい。

ジュディ、あなたのところへ。

でも、猫アンテナを使っても、それは無理。あたしには、ここで寝ているジュディを見守ることしかできない——だから、そうしたの。どのくらいのあいだ、そうしていたかしら。わからない。時間の感覚なんてすっかり失われてしまったから。

あっ。ざざっ、ざざざざっ……砂の嵐。ヴィジョンが薄れてきちゃった。集中力にも限界があるわね。それとも、あまりにも悲しくて、猫アンテナの調子がわるいのかしら。ぐりぐり、ぐりぐり。耳の後ろを強く擦ってみたけれど、今度はチューニングもうまくいかない。ジュディの姿が消えていく。ああ、だんだん消えていく。

そして——見えなくなった。

あたしは、暗い部屋の中にうずくまって——みゃあ、一声、鳴いてみた。みゃあああ。今度はもっと長く、大きな声で。なんだか、やりきれない気持ちになったのよ。無力感っていうのかしら、あたしはジュディが大好きだけれど、あの子が帰ってこないことを選んだとしても、それをどうすることもできないんだなあ、と思ったら、からだから力が抜けた。

花の匂いがする。あたしのからだを包みこむ。

なんて、いい匂いなんだろう。日登美ちゃん、どんな花なんだろう——目を閉じて、想像してみた。しばらくしたら、闇の中、浮かび上がってきたのは、白い大きな花だった。

知ってるわ、この花。

はじめて見る花なのに、知ってる、あたしは知っている。これは睡蓮よ。どうして知っているのかって？　だって、『日々の泡』に出てくるんだもの。栞ちゃんが気まぐれにページを開いて朗読してくれたわ、あたしが子猫のときから、何度も、何度も、繰り返し——クロエって女の子の肺に花が咲くの。それが睡蓮なの。とても美しくて、残酷な花なの。

だから、ね？　睡蓮って、どんな花なんだろう——栞ちゃんの朗読を聞きながら、あたし、いつかの日か、きっと睡蓮を見たい！　って思っていた。ずっと、ずっと夢見てた。でも、こんなふうに叶うとは予想もしていなかったわ。イマージュはかならず線を結ぶものなのね。

ジュディ、あなたもどこかで、たった今、この花を見ているのね？　そう思ったら、なんだか胸がいっぱいになった。悲しくて、嬉しくて。それこそ、あたしの肺の中にも睡蓮がぱあっと花咲いたんじゃないかって思ったくらい。きれいだね、ジュディ、よかったね。

あたし、なんだかもう、このまま、いつまでも暗がりにうずくまっていたい気分になっていた。でも、階下で、あたしを呼ぶ声――

「クロエ、クロエ、どこにいるの？」栞ちゃんの声。

「いない？　どこに隠れちゃったんだろうなあ？」と優喜くん。

「二階かな？　あの子、闇が保護色だから、夜は見つけにくいんだよね」

「どっかに閉じこめられてるわけじゃないよね？　トイレは見た？」

もうすぐだわ――あたしは思った。もうすぐ、あのふたりは階段を上がってきて、この部屋を覗いて、あたしのことを見つけるだろう。なにしてたの、こんなところで？　そんなふうに言って、あたしのことをひょいっと気やすく抱き上げるだろう。

花の匂いは――きっと、あのふたりには、わからない。

「クロエ？　どこにいるの？」軽やかな足音が階段を上ってくる。

あたしはここよ。この世界。この世界のここ――みゃあ、とちいさく答えたら、栞ちゃんがドアの隙間から顔を覗かせ、

「あ。いた。いた。クロエ、こんなところに」

部屋に入ってきて、案の定、ひょいっ、と野に咲く花を摘むみたいに、あたしを抱き上げた。栞ちゃん、シャワーを浴びたばかりなのね？　髪がまだ濡れている。あたしには馴染みのないシャンプーの匂いをさせて。

「ねえ、クロエ。私たち、虹を見たのよ」あたしの耳元に口を寄せ、ちっちゃな声で言ったわ。なんのことだろう？　私たち？

私たちって、だれ？

もし人間の言葉がしゃべれたら、あたしも打ち明けるところだけれど。

「あたしたちは、睡蓮を見たのよ」って。

と、そのとき、階下で電話の呼び出し音がした。栞ちゃんもあたしも、びくっとしちゃった。もしかしたら——どんぐり動物病院から？　ジュディのことで？　でも、あたし、次の瞬間には、わかったの。

予感がしたの——日登美ちゃんだって。

栞ちゃんに抱かれて階下へ降りると、電話を切ったばかりの優喜くんが興奮した顔で言ったわ。

「今の電話、曜子ちゃんからだったんだけど、なんだと思う？　びっくりだよ。前橋のおばあちゃんから連絡があって、日登美さんの意識が戻ったって。奇跡だって。もちろん、まだちゃんとしゃべったり、動いたりはできないけど、とりあえず、意識は戻ったって」

やっぱり、そうだった！　猫の勘は鋭いのよ。

もうすぐだわ――念じるようにして、あたしは思った。もうすぐ、ジュディも帰ってくる。帰ってくるわ、かならず。

リビングルームの窓から、夜空が見える。よく晴れている。ルビーグレープフルーツ色の月が出ている。星もたくさん――色とりどりの、ちっちゃなビーズを豪勢に空に撒き散らしたみたいに。

ジュディ、ジュディ。あたしは声には出さずに呼びかけた。

ねえ。この世界は美しいね。

【引用文献】

『日々の泡』　ボリス・ヴィアン著　曾根元吉訳（新潮文庫）

【初出】

『FeelLove』（小社刊）vol.10 2010 Summer ～ vol.18 2013 Spring

本書は2013年11月に、小社より単行本で刊行された作品です。

解説——ささやかな日々の愛しさ

フリーライター　瀧井朝世

もうずいぶん前の話になりますが、庭に遊びにくる〝ストリートチルドレン〟の子猫二匹に、クロエとニコラと名前をつけていたことがあります。それは私の学生時代からの愛読書、ボリス・ヴィアンの『うたかたの日々』の登場人物の名前でした。だから、あのキュートな名作から自分の大切な猫の名前を選ぶ気持ち、私はとっても分かります。

ちなみに「うたかた」とは「泡」という意味。つまり、本書で引用されている『日々の泡』と同じ作品です。私が読んでいたのは早川書房から刊行された伊東守男さん訳で、本書で引用されているのは新潮文庫版の曾根元吉さん訳のもの。ちなみに『うたかたの日々』の題名では光文社古典新訳文庫から野崎歓さんの訳も刊行されています。一九四七年に発表されたこの作品は、資産家の息子コランと、デューク・エリントンの曲と同じ名前を持つクロエという少女が出会って恋に落ち、祝福されて結婚したものの、クロエが胸に睡蓮の花が咲く病に罹ってしまうという物語。ユニークな造語や奇妙なアイテム、突拍子もない設定が次々と飛び出してくるファンタスティックな内容。ちなみに私が猫につけたニコラというのは、コランの世話をしている天才的な腕前を持つ料理人の名前です。

と、説明が長くなりましたが、そんな『日々の泡』が作中にも登場する物語だと聞けば、きっと同じような空気をまとった魅力的なお話なのだろうと期待と予感を抱かせます。この『公園通りのクロエ』は二〇一〇年から一三年まで雑誌『Feel Love』に連載され、二〇一三年に単行本化された作品で、本書はその文庫化です。

イラストレーターの広瀬優喜は彼女と別れたことを機に、カフェを営む曜子さんの紹介で家賃格安の一軒家に引っ越します。するとそこにいたのはゴールデンレトリバーのジュディ。実はこの犬と一緒に暮らすことが、入居条件だったというわけ。一方、曜子さんのカフェの常連、遠山栞は天然素材を使った玩具を製造する会社に勤め、今は本格的でモダンなドールハウスの制作に打ち込んでいます。恋人と別れて数年が経つ彼女の相棒は黒猫の女の子、クロエ。そう、『日々の泡』のヒロインの名前からの命名です。この二人と二匹は、犬も猫も入店OKな曜子さんのお店で出会い、少しずつ交流を深めていきます。そして物語は彼ら四つの視点から進みます。

特徴的なのは、四つの視点のうち、人間のパートは三人称、動物のパートは一人称であること。もちろんそれぞれの心情もきちんと描きこまれていますが、動物の感情のほうが主観的に描かれるため、より〝犬や猫たちが人間を見守っている〟という雰囲気が出ています。気が良くてのんびりしたジュディよりも、おしゃまで鋭い観察眼と猫アンテナを持つクロエのほうが全体をよく見渡しているので、彼女の名前が代表的にタイトルに登場しているのも納得です。こんなふうに自分の身近にいる大切な動物たちが、自分たちのことを愛してくれて、そして応援してくれて、時に導(みちび)いてくれるとしたらなんて幸福なことだろうと思わずにはいられません。

　優喜と栞はそれぞれ、これまでにも恋愛をして、その恋が破れた痛みを今も抱えています。そんな男女が偶然のような必然のような形で出会い、少しずつ距離を縮めていく。実は大切な人と会えなくなってしまったジュディを含め、これは傷ついた者たちが少しずつ顔をあげて、前を向いていく物語でもあります。優喜と栞が三十代という充分に大人な設定であるのは、まだまだ将来が確定していない十代や二十代を過ぎた後でも、人生にはさまざまな必然と偶然によって変わっていくんだという、期待と予感がこめられているような気もします。

　でも、途中まで、ものすごく大きな出来事は起きません。一瞬にして人生を変えていくようなサプライズも何もなく、あくまでも日常の中で、彼らは少しずつ新たな一歩を踏み出していっている。しかも、彼らが住む世界はとても小さいです。この物語の舞台は、ほとんどがそれぞれのおうちとカフェと、そして公園です。その範囲で優喜や栞やジュディやクロエはあっちに行ったりこっちに行ったりして、いろんな人たちがその空間にやってきて、一見変わりばえのしないささやかな日常の中でも、小さなドラマはたくさん起きているんだってことが分かります。

そんなささやかな日々が描かれるのに、この物語はどこかおとぎ話のような空気をまとっていて、リアルなのにファンタスティック（実際、後半には不思議な出来事も起きます）。それはやはり、ジュディやクロエの目を通して語られているからでしょう。人間ではない存在が眺めて語っているからこその効果だともいえますが、自分たちの心持ち次第で日常は生き生きとしたものに見えてくる、とも思えます。働いて、食事して、散歩して、さまざまな音楽や本に触れて、仲間たちとおしゃべりして……そんな他愛のないように見える日々の生活も、実はこんなにも愛おしいものなんだ、と気づかせてくれるのがこの物語です。

また同時に、そんな幸福な日常が突然断たれてしまう可能性を持つことも本書は教えてくれています。不慮の事故に遭わないとは限らないし、そうでなくとも人も動物も年齢を重ねて、やがては死を意識する時は必ずやってくる。特に、一般的に人間よりも寿命の短いこの小さな動物たちが、私たちの日常にいてくれることのありがたさは何ものにもかえがたい。だからできるだけ自分に素直になって、周囲に優しくなって、精一杯今という時を生きていこう、という気持ちにさせてくれる。そんな優しさと、意外なほどの力強さが、この作品の底にはあるのです。

本書をきっかけに『日々の泡』（もしくは『うたかたの日々』）や『オズの魔法使い』の原作や映画、デューク・エリントンの楽曲などに触れてみると、またこの作品の世界観が鮮明に立ち上がってきて楽しいはず。『日々の泡』は映画化もされていて、一九六八年のシャルル・ベルモン監督による『うたかたの日々』、二〇一三年のミシェル・ゴンドリー監督による『ムード・インディゴ　うたかたの日々』などで、かなり独特の映像世界が描かれていて一見の価値あり、です。また、岡崎京子さんによる漫画化作品もあります（タイトルは『うたかたの日々』）。

そして、もし本書がはじめての野中柊作品だという方には、著者の他の作品を手にとる楽しみがあります。一九九一年に海燕新人文学賞を受賞して作家デビューした野中さんは実に幅広い作風の持ち主で、小説作品だけでなく絵本や童話、さらには翻訳書も発表されています。本書と同じように人間も動物も一緒になっている賑やかさ、キュートさでいえば『フランクザッパ・ストリート』や続篇の『フランクザッパ・ア・ラ・モード』がオススメです。ただ、デビュー作の『ヨモギ・アイス』から最近作の昭和を生き抜いた異母姉妹を描いた力作『波止場にて』に至るまで、野中作品はいつも、本作と同じような、日常の生を慈しみ、人生を肯定する気持ちにさせてくれるのが魅力です。つまり野中作品に触れることは、きっとあなた自身の日常を心地よく、彩り豊かなものにする一助となってくれるはずです。

公園通りのクロエ

一〇〇字書評

切・り・取・り・線

購買動機（新聞、雑誌名を記入するか、あるいは○をつけてください）	
□（　　　　　　　　　　　　　）	の広告を見て
□（　　　　　　　　　　　　　）	の書評を見て
□ 知人のすすめで	□ タイトルに惹かれて
□ カバーが良かったから	□ 内容が面白そうだから
□ 好きな作家だから	□ 好きな分野の本だから

・最近、最も感銘を受けた作品名をお書き下さい

・あなたのお好きな作家名をお書き下さい

・その他、ご要望がありましたらお書き下さい

住所	〒				
氏名		職業		年齢	
Eメール	※携帯には配信できません		新刊情報等のメール配信を 希望する・しない		

この本の感想を、編集部までお寄せいただけたらありがたく存じます。今後の企画の参考にさせていただきます。Eメールでも結構です。

いただいた「一〇〇字書評」は、新聞・雑誌等に紹介させていただくことがあります。その場合はお礼として特製図書カードを差し上げます。

前ページの原稿用紙に書評をお書きの上、切り取り、左記までお送り下さい。宛先の住所は不要です。

なお、ご記入いただいたお名前、ご住所等は、書評紹介の事前了解、謝礼のお届けのためだけに利用し、そのほかの目的のために利用することはありません。

〒一〇一・八七〇一
祥伝社文庫編集長　坂口芳和
電話　〇三（三二六五）二〇八〇

祥伝社ホームページの「ブックレビュー」からも、書き込めます。

http://www.shodensha.co.jp/bookreview/

祥伝社文庫

公園通り（こうえんどお）のクロエ

平成28年10月20日　初版第1刷発行

著　者　野中　柊（のなか ひいらぎ）

発行者　辻　浩明

発行所　祥伝社（しょうでんしゃ）

東京都千代田区神田神保町3-3

〒101-8701

電話　03（3265）2081（販売部）

電話　03（3265）2080（編集部）

電話　03（3265）3622（業務部）

http://www.shodensha.co.jp/

印刷所　萩原印刷

製本所　ナショナル製本

カバーフォーマットデザイン　芥 陽子

 ISBN978-4-396-34251-7 C0193

祥伝社文庫の好評既刊

三浦しをん　**木暮荘物語**

小田急線・世田谷代田駅から徒歩五分、築ウン十年。ぼろアパートを舞台に贈る、愛とつながりの物語。

中田永一　**百瀬、こっちを向いて。**

「こんなに苦しい気持ちは、知らなければよかった……！」恋愛の持つ切なさすべてが込められた、みずみずしい恋愛小説集。

中田永一　**吉祥寺の朝日奈くん**

彼女の名前は、上から読んでも下から読んでも、山田真野……。愛の永続性を祈る心情の瑞々しさが胸を打つ感動作。

辻内智貴　**僕はただ青空の下で人生の話をしたいだけ**

中年作家の竜二はネコと一緒にのん気なその日暮らし。竜二は、数々の人間ドラマに想いを巡らし——（「A DAY」）他。

はらだみずき　**はじめて好きになった花**

「登場人物の台詞が読後も残り続ける」——北上次郎氏。大切な過去を抱えて生きるあなたに贈る、珠玉の恋愛小説。

はらだみずき　**たとえば、すぐりとおれの恋**

保育士のすぐりと新米営業マン草介。すれ違いながらも成長する恋の行方を、二人の視点から追いかけた瑞々しい恋物語。